周作人著作

鲁迅小说里的人物

钟叔河——编订

岳麓書社·长沙

人民文学出版社本《鲁迅小说里的人物》

编者的话

钟叔河

一九八七年一月三日《光明日报》上，岳麓书社刊出了我拟稿的一帧广告（左图），宣布了书社和我对重印周作人著作的观点：

“人归人，文归文。周作人其人的是非功过是另一问题，其书的主要内容是对传统文化和国民性进行反思，对中国—西方和中国—日本的文化历史进行比较研究，今之读者却不可不读。……”

随即便开始出书。既出周作人著作的单行本，也出精装合订本。两年之间，出了二十四种。

书当然不是想出便能出的，得按规矩，走程序。周家授权了，报告批复了，宋木文、杨牧之、伍杰各位领导都当面或来信表示应允和支持了，便能够出了。

出就得出好。当时强调了两条：（一）因为均系据旧本重印，所以一定要认真校订，尽力改正旧本误植失校的错误；（二）因为手稿不存，无法对勘，所以一定要详出校记，改动处一概保留原文，承担责任。

这两条，读者看来大都是认可的。直到如今，在旧书网上，八十年代“岳麓版”的周作人著作，始终都卖得不错。

现在，岳麓书社决定又来出版周作人著作，仍然要我负责编订，做法则一仍其旧。主要还是这些书，还是这两条，新的广告也就不必再做了。

鄢琨君三十年前和我同编了这些书，此次仍然合作，蒋浩君也参加了进来。校记原列表在书末，如今改作尾注。二君新增校改之处，分别标出“鄢校”“蒋校”，特此说明，并志感谢。

二〇一八年五月十五日于长沙。

出版题记

《鲁迅小说里的人物》，一九五四年四月“上海出版公司”初版，为“鲁迅研究资料之二”。一九五七年八月人民文学出版社重版，有总序，收文分二分，又有附录二，今据此校订重印。

第一分《呐喊衍义》收文九十一篇，前二十九篇曾于一九五二年二月十六日至三月十五日刊《亦报》，署名十山。

第二分《彷徨衍义》收文四十五篇，但只有前二十六篇是《彷徨》的衍义，从《狗》起都是《朝花夕拾》的衍义了。这四十五篇，出书前均未在报刊上发表过。

附录一《旧日记里的鲁迅》，系自戊戌至乙巳（一八九八至一九〇五）年日记中摘录，再加说明，共得二十五篇，亦未另行发表过。

附录二《学堂生活》收文二十四篇，则曾于一九五一年十月二日至二十六日刊《亦报》，署名木仙，时间还在《彷徨衍义》之前。

这本书实际上是《鲁迅的故家》的继续。总序说，《故家》可以作本书的补遗，本书可以作《故家》的补遗。我们说过，《故家》写的是鲁迅，也写的是作者自己，这本书亦可作如是观。

二〇二〇年六月五日，锺叔河记于念楼。

目录

第二分　彷徨衍义

附录一　旧日记里的鲁迅

附录二 学堂生活

总序

去年春天，还在给上海《亦报》写小文章，动手来编《呐喊衍义》，虽然只发表了极小一部分，但仍是继续着写，大概费了两个月的工夫，一总写了一百三十多节。这里分作两部，前部是关于《呐喊》的，后部是关于《彷徨》以及《朝华夕拾》，所以虽是两个头，实在却可以叫作“三衍义”的。我写这些文章的目的是纪事实，本来与写《百草园》是一样的，不过所凭借的东西不同，一个是写园及其周围，一个是写两部小说里的人物时地。小说是作者的文艺创作，但这里边有些人有模型可以找得出来，他的真相如何；有些物事特别是属于乡土的，土物方言，外方人不容易了解，有说明的必要；此外因时地间隔，或有个别的事情环境已经变迁，一般读者不很明了的，也就所知略加解说。这几项都是事实，因此我的工作只是记述而不是造作，就只怕见闻不周，记忆不足，说的或有错误，希望知道得更确实的朋友能够给与补正，但是要想找熟悉四五十年前绍兴事情的朋辈已经很不容易，我也曾这样找过，可是结果是很失望的。

《朝华夕拾》本来并不是小说，虽然也不是正式的自传，为便宜计也就收在里边，因为分量不多，不能独立，所以就并在《彷徨》部分里去了。原来《朝华夕拾》里说的事实很不少，论理可以自成一卷，但是有许多都已在《百草园》里说过了，这里所说只是馀下的那一部分而已。不但是《夕拾》，便是那两部小说里的人物，有好些也都在《百草园》里说过，因此如说《鲁迅的故家》可以作本书的补遗，这话可以说得，若是说本书可以作《故家》的补遗，也是一样的可以这么说的。

关于《夕拾》中在南京学堂的一段注解得很简略，因为以前曾写了一篇《学堂生活》，虽是说我自己的，但情形大抵相似，所以作为一个附录，加在后边。近时翻阅旧日记，看见有不少关于鲁迅的记事，也抄录了出来，当作另一个附录，虽然，这如附在《故家》后面，自然更为适当。日前偶看俞阶青先生的《诗境浅说》，联想到《曲园课孙草》，忽然记起鲁迅在三味书屋读《课孙草》的事情来。寿镜吾先生教他读这书，大概已经教他“开笔”作文了，后来

"满篇"之后才叫洙邻先生批改，这事本来应当写在第三节《戊戌二》里边的，可是当时遗忘了。上文所说记忆不足的事可见是实在的。但是现在在还没有完全忘却以前，能够记下这一点来，也正是很幸运的吧。

一九五三年十月二十四日，著者记。

第一分　呐喊衍义

一 开端

《呐喊》是个好题目，可以写出许多的文章来。这个意思我早已有了，也想来试一下，可是拖了好几年不曾下笔，因为那个题目想不好。这总不好说，新一点是“关于呐喊”吧，说索隐呢？例如《红楼梦索隐》，但这里边所有的人物与事迹并不多，也不怎么隐晦，无须那么费了力气来索。我曾想到用“呐喊讲章”的名称，这两个字的确不差，却又怕有误会，以为是夸夸其谈的在讲章旨、节旨，谈得比本篇原文更长，印出来徒耗物力，要看的人也不会多的。最后我才想到了这演义的名字，乃发心来写，称之曰“呐喊演义”。这个名称也并非没有缺点，第一是它有《三国演义》等说部在先，好像是把《呐喊》里的小说再拉长来讲，有如茶馆里的讲《聊斋》，但是很明显的这是不可能的事。其次或者有人要联想到宋明人的《大学衍义》，那种内圣外王的大著，我怎么追得上，更没有鱼目混珠的意思。好吧，我还自写我的衍义，这只是像《四书典林》之类，假如用了庸俗的旧书来比方，讲说一点相关的人地事物四项的故事，有没有用处不能知道，但不是望着题目说空话，所以与《味根录》之类是有些不同的。我只是凭了我所知道和记得的说来，不及查考鲁迅日记等书，做考证是别一种工作，应当有别的适当的人去做才好。（鲁迅的小说集在《呐喊》之外还有《彷徨》，对于《彷徨》，且待这个写完时再来衍义吧。）

二　父亲的病

《呐喊》前面有一篇自序，是一九二二年末付印时所写，说明当初开始写小说的缘由。上半叙述少年时代的经历，有几件事使他感到异常的寂寞，换句话说即是悲观吧。这里分作三个段落，第一是父亲的病，后来在《朝华夕拾》中有这个题目的一篇文章，说的更是清楚。鲁迅的父亲伯宜公是清光绪丙申（一八九六年）九月去世的，序上说有四年多常常出入于质铺和药店里，推算该是癸巳至丙申，但这乃是记忆错误，因为甲午八月伯宜公的妹子嫁在东关金家的因难产去世，他去送入殓，亲自为穿衣服，可知那时还是康健，所以生病可能是在这年的冬天或是次年的春天。那时所请教的医生，最初有一个姓冯的，每来总是酒醉醺醺，说话前后不符，不久就不再请了，他的一句名言"舌为心之灵苗"，被鲁迅记录下来，但是挂在别人的账上了。后来的两个名叫姚芝仙与何莲臣，都是有名的“郎中”，但因此也就都是江湖派，每开药方，必用新奇的“药引”，要忙上大半天才能办到，结果自然是仍无效用。他在序文中说：“渐渐的悟得中医不过是一种有意的或无意的骗子。”那时城里还有樊开舟、包越湖这些医生，比较平实一点，如照鲁迅的分类，总还可以归在无意的一类，但是当时却去请教了有意的骗子，这真是不幸的事，虽然对于后人警戒的力量却是很大的。

三　藤野先生

第二段落是在南京和日本仙台的学校里的那一时期。计算起来是戊戌（一八九八年）离家往南京，由水师学堂转入陆军学堂内附设的矿路学堂，三年毕业，即是辛丑（一九〇一年）的冬季，次年派往日本留学。在弘文学院两年后，往仙台进医学专门学校，目的是在学了医术来救治像父亲似的被误的病人的疾苦，一面又促进了国人关于维新的信仰。可是学了两年，“前期”刚完了的时候，他就退学走到东京来了。他在弘文学院的时候，便有感于留学生之不高明，不愿意进离东京不远有些留学生的千叶医学校，却远远的跑到东北方面的仙台去，可是在那里虽然寂静，不意在电影片上又会见了“久违的许多中国人”，给了他极大的刺激，把学医的志愿又打断了。这两段事情在《朝华夕拾》里后来有专篇叙述，前者的题目是《琐事》，后者是《藤野先生》。他那时以为国民如愚弱，虽生犹死，所以医学并非一件紧要事，重要的是在改变他们的精神，叫他们聪明强盛起来，于是想来提倡文艺运动，因为他相信善于改变精神的要推文艺最有力量。这个意见并不错，虽然那还在四十五年以前，大家所知道的政治上不过是法国革命，文艺上也只是拜伦的恶魔派，但是对于权威表示反抗，这种精神总是可贵的，与当时民族革命的空气相配合，也正是很有意义的事。

四 《新生》

第三段落是说计划出《新生》杂志的事情。在那时候，即是一九零六年前后，林译《说部丛书》已经出了不少，梁任公也在横滨刊行“新小说”，景气很不错，但是没有从文艺着眼的，实际上要做文艺运动时机也未成熟，《新生》的并未产生可以说是当然的结局。鲁迅顶讨厌学警察、法政和速成师范的学生，其次是铁路与工业，以为目的只在获利，对于理科比较的好些。胡仁源是学工的，有一天对他大谈实业救国，学了文科有什么用，鲁迅回答道：学文科的人知道理工也有用，这是他们的长处。在这种空气之中，要来办杂志，谈文学和美术，当然是很不容易，但表面上也居然找到几个赞成的人，他们姓名记不完全，只有袁文薮是鲁迅所最信托的，但是他从日本转往英国以后，便杳无消息，虽然他答应到了之后一定写文章寄来的。此外一个是许季茀，他没有跑掉，因为杂志停顿，所以文章也不曾写。《新生》这运动最初似乎计划很是顺遂，等到鲁迅回家乡一转出来的时候，一切都已消灭，他受到这打击，感到无聊与寂寞，也正是当然。隔了两年，因了蒋抑卮的帮助，印出了两册《域外小说集》，实现了《新生》一部分的计划，但第三册便印不出来，因为销路不好，收不回印刷费来做资本，结果只好中止。这个失败虽然比前回稍好，但也总是失败，与造成寂寞的感觉有关的，不过在那序文里却是省略掉了。

五　金心异劝驾

上边说完了感觉寂寞的原因，接着便说明为什么又活动起来，动手来写小说的呢？鲁迅说这是由于金心异的劝驾，但是这里也还有时代的背景的。辛亥革命成功，不久变为袁世凯的独裁，洪宪推倒后，旋即出现复辟，可是不到半月也就消灭了，这时欧战也刚平息，世间对于旧民主的期望又兴盛起来，《新青年》开始奋斗，在这空气中间才会得有那谈话，谈话才会得发生效力。还有一个重要的缘由，《新青年》上标榜着文学革命的大旗，金心异所着重的乃是打倒礼教，因此虽然他不曾写过论文，只寄了几次通信，却有资格被加上花名，列入反动派笔诛口伐的文章里面，也因此而能与鲁迅谈得投合，引出《呐喊》里的这些著作来的。

鲁迅对于简单的文学革命不感多大兴趣，以前《域外小说集》用文言，固然是因为在复古时代的缘故，便是他自己的创作，如题名《怀旧》的那一篇，作于辛亥（一九一一年）的下半年，用的是文言，但所描写的反动时代的“呆而且坏”的富翁与士人，与《呐喊》里的正是一样。所以他的动手写小说，并不是来推进白话文运动，其主要目的还是在要推倒封建社会与其道德，即是继续“新生”的文艺运动，只是这回因为便利上使用了白话罢了。他对于文学革命赞成是不成问题的，只觉得这如不与思想革命结合，便无多大意义，在这一点上可以说是与金心异正是相同，所以那劝驾也就容易成功了。

六　狂人是谁

《狂人日记》是集里的第一篇小说，作于一九一八年四月。序上说金心异劝进，“于是我终于答应他也做文章了，这便是最初的一篇《狂人日记》，从此以后，便一发而不可收，每写些小说模样的文章，以敷衍朋友们的嘱托”。篇首有一节文言的附记，说明写日记的本人是什么人，这当然是一种烟幕，但模型（俗称模特儿）却也实有其人，不过并不是“余昔日在中学校时良友”，病愈后也不曾“赴某地候补”，只是安住在家里罢了。这人乃是鲁迅的表兄弟，我们姑且称他为刘四，向在西北游幕，忽然说同事要谋害他，逃到北京来躲避，可是没有用。他告诉鲁迅他们怎样的追迹他，住在西河沿客栈里，听见楼上的客深夜橐橐行走，知道是他们的埋伏，赶紧要求换房间，一进去就听到隔壁什么哺哺的声音，原来也是他们的人，在暗示给他知道，已经到处都布置好，他再也插翅难逃了。鲁迅留他住在会馆，清早就来敲窗门，问他为什么这样早，答说今天要去杀了，怎么不早起来，声音十分凄惨。午前带他去看医生，车上看见背枪站岗的巡警，突然出惊，面无人色。据说他那眼神非常可怕，充满了恐怖，阴森森的显出狂人的特色，就是常人临死也所没有的。鲁迅给他找妥人护送回乡，这病后来就好了。因为亲自见过“迫害狂”的病人，又加了书本上的知识，所以才能写出这篇来，否则是很不容易下笔的。

七 礼教吃人

《狂人日记》的中心思想是礼教吃人。这是鲁迅在《新青年》上所放的第一炮，目标是古来的封建道德，以后的攻击便一直都集中在那上面。第三节中云：

> 我翻开历史一查，这历史没有年代，歪歪斜斜的每页上都写着“仁义道德”几个字。我横竖睡不着，仔细看了半夜，才从字缝里看出字，满本都写着两个字是“吃人”！

章太炎在东京时表彰过戴东原，说他不服宋儒，批评理学杀人之可怕，但那还是理论，鲁迅是直截的从书本上和社会上看了来的，野史正史里食人的记载，食肉寝皮的卫道论，近时徐锡麟心肝被吃的事实，证据更是确实了。此外如把女儿卖作娼妓，清朝有些地方的宰白鸭，便是把儿子卖给富户，充作凶手去抵罪，也都可以算作实例。鲁迅说李时珍在《本草纲目》上说人肉可以做药，这自然是割股的根据，但明太祖反对割股，不准旌表，又可见这事在明初也早已有了。

礼教吃人，所包含甚广，这里借狂人说话，自然只可照题目实做，这是打倒礼教的一篇宣传文字，文艺与学术问题都是次要的事。果戈理有短篇小说《狂人日记》，鲁迅非常喜欢，这里显然受它的影响，如题目便是一样的，但果戈理自己犯过精神病，有点经验，那篇小说的主人公是“发花呆”的，原是一个替科长修鹅毛管笔尖的小书记，单相思的爱上了上司的小姐，写的很有意思。鲁迅当初大概也有意思要学它，如说赵贵翁家的狗看了他的两眼，这与果戈理小说里所说小姐的吧儿狗有点相近，后来又拉出古久先生来，也想弄到热闹点，可是写下去时要点集中于礼教，写的单纯起来了。附记中说“以供医家研究”，也是一句幽默话，因为那时报纸上喜欢登载异闻，如三只脚的牛、两个头的胎儿等，末了必云“以供博物家之研究”，所以这里也来这一句。这篇文章虽然说是狂人的日记，其实思路清澈，有一贯的条理，不是精神病患者所能写得出来的，这里迫害狂的名字原不过是作为一个楔子罢了。

八 孔乙己

《呐喊》里第二篇小说是《孔乙己》。原文里说，因为他姓孔，别人便从描红纸上的“上大人孔乙己”这半懂不懂的话里，替他取下一个绰号，叫作孔乙己。这名字定得很巧妙，对于小说里这主人公是十分合适的。他本来姓孟，大家叫他作孟夫子，他的本名因此失传。这本来也是一个绰号，但只是挖苦读书人而已，没有多大意思。小说里用姓孔来影射孟字，本来也是平常，又因孔字联想到描红纸上的句子，拿来做他的诨名，妙在半懂不懂，比勉强生造两个字要好得多了。现时生造也有些好的，如那文言小说《怀旧》中的仰圣先生与金耀宗，即是一例，但这里没有必要。他是一个破落大人家的子弟和穷读书人的代表，著者用了他的故事差不多就写出了这一群人的末路。他读过书，但终于没有进学，又不会营生，以至穷得几乎讨饭。他替人家抄书，可是欢喜喝酒，有时候连书籍纸笔都卖掉了，穷极时混进书房里去偷东西，被人抓住，硬说是“窃”书不能算偷，这些都是事实。他常到咸亨酒店来吃酒，可能住在近地，却也始终没人知道，后来他用蒲包垫着坐在地上，两手撑了走路，也还来吃过酒，末了便不见了。鲁迅在本家中间也见过类似的人物，不过只具一鳞一爪，没有像他那么整个那么突出的，所以就描写了他，而且说也奇怪，本家的那些人，似乎气味更是恶劣，这大概也是使他选取孟夫子的一个原因吧。

九　咸亨酒店

《孔乙己》这篇小说的背景是鲁镇的咸亨酒店。谁都知道在绍兴县管辖下并没有鲁镇这么一个市镇，这原是写小说的人所创造出来的一个地名，至于这所指的是什么地方，那就很难说，因为在几篇小说里所说的并不一定，只可说是绍兴的一处乡村或是坊巷罢。《呐喊》里此外还有两篇小说都说鲁镇，也都说到咸亨，但《风波》显明系水乡的事，《药》的背景不明了，似乎城乡均可，唯独这孔乙己的故事不但出现于鲁镇，而且是以咸亨酒店为舞台的，因此可以说这是指的著者的故里东昌坊口，因为咸亨是开设在那里的。

这是一个小酒店，却有双间店面，坐南朝北，正对着鲁迅故家新台门的大门。这是周家的几个人所开设，请了一个伙计一个徒弟照管着，但是不到两年就关门了。这年代已经记不清楚，但可能在光绪甲午、乙未，即一八九四至一八九五年，因为记得看见孟夫子总是在鲁迅的父亲伯宜公去世之前，所以这估计大概是差不多少的。店堂的结构与北京的大酒缸不相同，但在上海一带那种格式大抵是常有的，即是本文所说当街一个曲尺形的大柜台，柜里面预备着热水，可以随时温酒，画家作图，如看北四川路一带小酒店，店堂内曲尺柜台的对过放着两副板桌条凳，算作雅座（也有雅座在后进的，但那就画不出了），柜台边有一两人站着喝碗酒，那情形也便差不多了。

一〇　温酒的工作

本文里说柜外酒客的情形很有意思：

> 他们往往要亲眼看着黄酒从坛子里舀出，看过壶子底里有水没有，又亲看将壶子放在热水里，然后放心，在这严重监督之下，羼水也很为难。

温酒在乡下通称烫酒，也是一件不容易的工作，自己烫了吃时，冷热的水候是很难调节得恰好的，在柜上烫酒，如这里所说，更是困难，因为这不是水的冷热而是水的多少的问题了。没有真正当过酒店伙计的人，固然谁也不能知道此中奥妙，但是在小时候几乎每日都去咸亨，闲立呆看，约略得知一点，便是这羼水问题在主客两面是怎样的看得重要。

在绍兴吃老酒，用的器具与别处不大一样，它不像北京那么用瓷茶壶和盅子，店里用以烫酒的都是一种马口铁制的圆筒，口边再大一圈，形似倒写的凸字，不过上下部当是一与三的比例。这名字叫作窜筒，读如生窜面的窜，却是平声，圆筒内盛酒，拿去放在盛着热水的桶内，上边盖板镂有圆洞，让圆筒下去，上边大的部分便搁在板上。伙计酒里羼水，可能在吊酒的时候，可能在窜筒内留着一点水，因为他照例要先把窜筒洗一下，老酒客却高呼道：窜筒不要洗！由此可以知道，在这里有什么的花样，鲁迅叙述他们要看过壶子即是窜筒底里有没有水，也正是从实际看来的事。一窜筒的酒称作一提，倒出来是两浅碗，这是一种特别的碗，脚高而碗浅，大概是古代的酒盏的遗制吧。

一一　酒店馀谈

鲁迅这篇小说是写孔乙己的，但同时也写了咸亨酒店。那里虽然说的很简略，却把那时代的小酒店的空气写得一个大概，其次是店头的情形，似乎在别的文章上也还没有人这样写过。那所写的是以一般酒店为主，本来又是小说，不必求详实，现在却就咸亨的实际情状来说明一点。门口是照例的曲尺形的柜台，临街的一面在靠墙部分，陈列种种下酒的资料，不过那地方不很安全，二流子或泼皮破脚骨之流路过时大可顺手牵羊的抓些去，等到伙计从柜台后边绕出去追赶，再也来不及了，所以在那角落也照例装着一尺多高的绿油栅栏。那些食品顶普通的是茴香豆和鸡肫豆、花生豆腐干，或者也有皮蛋，但咸亨并不能全备，就只有两三样罢了。

大酒店里也有些荤菜，如鱼干之类，又或可以供应醉虾等酒菜，那只在大雅堂这种店里才有，城里差不多只此一家，乃是绅商所专用的酒馆，性质有点不同了。大雅堂的冰雪烧很有名，咸亨这些店里便没有，所有的主要是老酒，此外有烧酒、玫瑰酒与五茄皮，北京的茵陈酒色彩很好，在乡下却是不见，大概归到药酒里去了吧。绍兴说吃酒几乎全是黄酒，吃的人起码两浅碗，即是一提，若是上酒店去只吃一碗，那便不大够资格，实际上大众也都有相当的酒量，平常少吃还是为了经济关系，大抵至少吃下两碗是不成问题的。

一二　馒头

《药》是一篇讲人血馒头医治痨病的故事。在《水浒传》里，人肉馒头出现过好几次，读过的人大抵都记得，特别是十字坡的一段，大家觉得很有趣，却没有什么反感，我想这是不对的。那岂不是《狂人日记》里所说的事么？《水浒》写得很好，但也有这些不健康的地方。人血馒头问题比较的小了，又说是可以医病，这里提出来加以描写，揭穿了这药的愚蠢、凶残以及虚妄。这种馒头是药，与梁山泊英雄所卖的做点心的有点不同，其根据是人的血肉有医疗的功用，以前孝子孝女的割股也即是应用这个原理。《狂人日记》里说李时珍在“本草什么”上明明写着人肉可煎吃，这是小说的话，事实上李君并没有这么说，他倒是竭力反对，有云：“后世方技之士，至于骨肉胆血咸称为药，甚哉不仁也。”但由此可见方技之士很看重这些药，他们的力量又很广大，所以在民间颇有势力，表现出来的是盗坟偷骨头做药，割股与做人血馒头。在前清时代这事并不难办，只须嘱托刽子手，在杀人的时候拿一个白馒头蘸一下，这就成了。本来要表示这药的虚妄，只消说吃下去还是死了，不管这是哪个大辟犯人的血都好，但这里特别说是一个革命少年，多少如著者在序文所说，有点是故意的，一方面也为得可以让几个茶客发挥意见，虽然即使杀的是强盗，发挥也还是可以的。

一三　秋瑾

这篇小说的背景是绍兴府城内，因为那被杀的夏瑜即是秋瑾。地点是轩亭口。那在大街的南段，清风里口与清道桥之间，与府横街相遇，成为丁字街，那里有一个阁，横匾上题字曰“古轩亭口”，正如小说所说的那样。

秋瑾被杀是在光绪丁未（一九〇七年）六月初五日，小说里说是秋天，这正和把夏瑜改说成男孩是同一的手法。徐伯荪案发后，知府贵福派兵包围大通学堂，将秋瑾捕去，并未怎么审问，随即杀害，外间相传系由于胡钟生的进言，不久胡即为王金发所暗杀。小说里夏三爷先去告官，自然也是小说化，未必就是影射这事，因为著者在这里是骂士大夫的升官发财思想，只要有银子，什么丧天害理的事情都会得做的。不过在事实上至少在清末这类的事倒也不多见，因为士大夫很是世故，有如鲁迅在《怀旧》中叙秃先生劝告金耀宗，对于乱党应取什么态度，有云："此种人之怒固不可撄，然亦不可太与亲近。"翻转来说，便是接近不得，得罪了怕有后患，他们对于清朝那时也看得没有多大希望了。

秋瑾为了革命牺牲生命，同志当然尊敬她，但坟上搁花环的事也不会有，著者在序文说明是用了曲笔，叫人不要太感觉到寂寞，从事实上来讲这也是不可能的事，因为乡下吊祭用花圈大概还是二十年来的事情，就是在现今要想找一个红白的鲜花环，恐怕也还不容易吧。

一四 府横街

前回我们说那小说的背景是城里，因为做药的地点是轩亭口。现在再来研究一下华老栓的家是在哪里。著者写小说的时候未必有这意思，华家茶店在哪里并无指定的必要，我们讲的是人地事物，虽然有似拆碎万花筒的杀风景，也不妨来试说看。

本文中没有说明华老栓所走的路的方向，但在他拿到了馒头，走回家去的时候，说太阳出来了，在他面前显出一条大道，直到他家中，后面也照见丁字街头破匾上的字。我们从这里可以看出来他是在丁字的直条上走着，这即是府横街，通过镇东阁，尽头是卧龙山，因为府署就在那里，所以通称府山。华老栓的家确实是在府横街，他最初出来时远远里看见一条丁字街，随后衣服前后有一个大白圆圈的兵走过，拥过了一大簇人，里边便是犯人，从府署里来的，路线方向都对，正是证据。

华老栓的名字别无多大意义，它还是从小栓来的，在北方很是普通，栓的意思是缚或系，恐怕小孩养不大，给他取这名字，有如乡下的挂牛绳，但在绍兴是没有的。痨病（虚损？乡下称为损症）患者饭量特别好，要吃好两碗，吃得大汗直流，也是常见的事实，这里写的很是真切。小栓死后葬在西关外，文字上是说西门外，但是依地理说应当是在西南的偏门外，记得东北的五云门有一处丛冢，旧石牌坊题曰“古义阡”，偏门外有否却是记不清楚了。

一五　灯笼

这本来是一篇小说，有些事情因了写作的方便加以变易，与实际有出入，也是平常的事。如华老栓见了馒头不敢拿，刽子手便抢过灯笼，一把扯下纸罩，裹了馒头塞与老栓，这在当时实在也找不到别的合适的包裹的东西，只好如此，下文说将那红红白白的破灯笼在灶内烧了，也特别表明那是北京通行的白纸小灯笼。若是在乡下，没有这种轻巧的东西，最普通廉价的是所谓“便行灯笼”，长圆形，不标姓或堂名，只写便行二字，但竹骨也很坚实，纸上满涂桐油，是不能那么包裹什么用的。

北京以前有御用的灯笼库，至今还当作地名保存着，可是找不到一家灯笼店，这是很奇怪的。封建时代都城满地都是官，拿了什么内阁或太史第的灯笼也出不得风头，不用是无足怪的，可是别的也什么都没有，只有那一样白纸小灯，只香瓜那么大，在杂货店里寄卖。为什么不涂桐油的呢？大概因为不下雨的缘故吧，但是北京人也多忌讳，却不嫌恶，再不写一两个字，或画点兰草上去，南方的不全白，不写便行也总有个福字的。

又如康大叔即是那刽子手到华家来时，华大妈给他在茶碗里加上一个橄榄，表示优待，事实上也未必有，旧历元旦茶馆供给元宝茶，碗里有青果，在平时并不如此。华家茶馆的客人中间只有驼背五少爷原有模型，是鲁迅的一个本家叔辈，其馀都无所指，只是那些可能有的闲杂人而已。

一六　何小仙

《明天》是一篇很阴暗的小说，本来这也难怪，因为这小说乃是写孤儿寡妇的。单四嫂子（这名称是北京式的）带着她的三岁的孤儿宝儿，靠了纺棉纱赚钱度日，宝儿忽然生了重病，求神许愿、吃单方、看医生，都没有用，终于死了。这里并没有本事与模型，只是著者的一个思想借着故事写了出来，所以这与写实小说是不一样的。

看宝儿的病大概是肺炎吧，著者那么地细细叙述，可能心里想念着六岁时因肺炎死亡的四弟，那是在光绪戊戌（一八九八年）的冬天，鲁迅进了南京学堂，适值告假回来在家里，看见那时的情形的。在记述单四嫂子抱了小孩去找医生的时候，鲁迅重重的谴责那些庸医，与五六年后所写《朝华夕拾》中的一篇《父亲的病》可以比较。什么中焦塞着，什么火克金，说着这类的话乱开药方，明了的显出不学无术，草菅人命的神气。医生何小仙的姓名也显示与为鲁迅的父亲医病的何廉臣（《朝华夕拾》中称作陈莲河）有联带的关系，《狂人日记》里的医生也是姓何。药方第一味保婴活命丸，指定须往贾家济世老店去买，这也是事实根据，不记得是哪一种丸散，鲁迅常受命到天保堂药店去买来，那店就在府横街东头路南，可以望得见轩亭口的。即使那些丹散不像现在“五反”运动中所发觉似的那么做假，但是医生与店家那样勾结，也总是无私有弊，共同剥削病家是无疑的了。

一七 老拱

在《明天》中间，为了写小说方便而说的地方也有几处。其一是宝儿的丧事，如照事实来讲，不可能有那么的排场。宝儿死时说是三岁，照乡下通例，是不算怎么一回事的，这就是说简单包殓掩埋，不大要多少人帮忙的，费用或者只是几百文吧。棺材也只叫作匣子，同洋油箱差不多，价格也大抵仿佛。本文里说王九妈将两条板凳和五件衣服作抵，替单四嫂子借了两块洋钱，给帮忙的人备饭，又说一副银耳环和一支裹金的银簪，都交给了咸亨的掌柜，托他作一个保，半现半赊的买一具棺木，这在当时都与实际不大相符，因为这是小说，所以这些出入可能有，也是没甚关系的，我们这里专说社会事实，便来说明一下。

其二是咸亨酒店的开店时间。本文说它开到半夜，又说酒客唱小曲，呜呜的唱完了不多时，东方已经发白，虽然说是夏天夜短，但酒店开到东方发白，也不是事实所有的。茶坊酒肆夜里关门晚，也总不到夜半吧。这小说里的人除何小仙外大抵没有模型，蓝皮阿五和红鼻子老拱都只是一般的二流子，老拱的名字却含有意义，这就是说猪猡。鲁迅常说起北方老百姓的幽默，叫猪作“老拱”，很能抓住它的特色，想见咕咕的叫着用鼻子乱拱的神气，至于蓝皮阿五不知是何取意，大概只是当老拱的一个配角罢了。

一八 《一件小事》

《一件小事》是《呐喊》里的第五篇。这一篇短得很，共总不过一千字左右，大概是给《晨报副刊》所写的，当时也并不一定算是小说，假如在后来也就收入杂文集子里算了，当初这《呐喊》还是第一册出版的书，收在这里边，所以一起称为小说。这里所说的是很简单的一件事情，著者坐了洋车将进城门，一个老太婆碰倒在地，说是摔坏了，他看并没有受伤，可是车夫很正直的扶了她投到前面的一所巡警分驻所里去了。他看见她的背心兜着车把，"慢慢地倒地，怎么会摔坏，装腔作势罢了"。在当时这类事情的确常有，特别是老太婆，这样的来寻事讹钱，这是过去社会遗迹，后来也渐渐少有了。他望着车夫的后影，觉得高大起来，显出自己的渺小，这比幼小时候所读过的"子曰诗云"更有力量，给他一种教训。据说那是在民国六年冬天，所谓 S 门当然是北京的宣武门，这介在会馆与教育部的中间，马路开阔，向北走去是相当的冷的。这一件事可能是实有的，不过我不曾听他说过，在写了出来之前，虽然我是在那年的春天来到北京的。这篇故事既然很短，意思又很是明白，所以没有需要说明的地方。宣武门外北头是达智桥口，路西有一个邮政分局，至于巡警分驻所在哪一边，因为多年不到那里去，已经记不清楚了。

一九　夏穗卿

《头发的故事》也是自叙体的，不过著者不是直接自叙，乃是借了别一个人的嘴来说这整篇故事罢了。这人是前辈先生N，一看他的口气，最初要猜想那是乡先辈夏穗卿，他在清末著有《中国古代史》(原来的名字只是《中国历史教科书》)，很有点新意见，在教育部任社会教育司长，是鲁迅的上司，也是他所佩服的前辈之一人。他在以前也是“新党”，但民初看了袁世凯的政治很是灰心，专门喝酒，有人劝他节制，怕于身体不好，他总用杭州话回答说：我要喝，夹（怎样）呢？本文中述著者批评市民忘了双十节，N先生道：“他们对！他们不记得，你怎样他？你记得，又怎样呢？”这话说得有点相像，大概著者也是有意来写他的口气的，可是相像只是至此为止，后边所讲的故事便不再是夏先生的了。下文又说北京商民双十节挂旗的情形云：

我最佩服北京双十节的情形。早晨警察到门，吩咐道，挂旗！是，挂旗！各家大半懒洋洋的踱出一个国民来，撅起一块斑驳陆离的洋布。这样一直到夜，收了旗关门，几家偶然忘却的，便挂到第二天的上午。

这些便都是著者自己的话了，虽然算是N先生所说的。鲁迅平常对于“辇毂之下”的商民的有些奴气，特别有反感，这里借端来说一通，但是这些话或者夏先生也曾说过亦未可知，不过没有确实的证据罢了。

二〇 剪发

这里关于头发的故事，可以说是分作三段来说的。第一段说的是过去时代，中国人为了头发怎么吃苦受难，举明末清初和洪杨时代的事情为例。第二段是故事的中心，讲清末民初的事，乃是鲁迅自己的经历，大抵都是事实，只有一两处小说化的地方。这里又可以分两个时期，一是光绪壬寅至戊申，即一九〇二至一九〇八年，为留学时期，二是宣统己酉至辛亥，即一九〇九年至一九一一年，为回国教书时期。鲁迅往日本留学，是江南的官费生，最初没有剪发的自由，大家只好在顶上留一小块，头发解散挽作扁髻，戴上帽子，可以混得过去。有些速成班的学生，舍不得剃去一部分，整个的盘在头顶上，帽顶特别突出，样子很是难看，被加上轻蔑的诨名曰“富士山”，有的还有几缕短发，从帽子下面漏了出来，在颊边飘动，更显得男不男女不女的。自爱的学生受不住这种激刺，便发愤剪发，剃光成为和尚头，鲁迅也是其中之一，时间大概是一九〇三年二月，因为那时他有一张“断发照相”寄回国来。监督反对的话大概本无其事，那年有一个姓姚的，不记得是哪一省的监督，被留学生捉奸，剪掉辫子，拿去钉在留学生会馆，所以“涉笔成趣”的把它拉进故事里来了。姚某与某名流（姓名略）的妾有关系，由学生们去捉，其事甚奇，钱玄同知道得最清楚，可惜没有详细问他。捉奸的学生中有邹容，他为了所写的《革命军》，在上海被捕，与章太炎同被监禁，他死于西牢，太炎至丙午（一九〇六年）才被释出，往东京去。

二一　假辫子

第二段落可以说是假辫子的故事。大概在二十世纪初期的十年中，在上海有专做假辫子的这一种行业，说不定只有一人专利，因为这种生意不很多，禁不起好几家店铺来抢的。据我在丙午前后所知道，这还并不是什么商店，单是一个名叫阿什么的理发匠，住在小旅馆里，专门给人家剪发，一个人要一块钱，剪下来的辫子不问大小一律归他所有。那时候流行前刘海发，有的留长一点，沿着头发的顶搭编成一圈小辫，他便照这个样子编了假辫子，卖给剪了辫子后来还要的人。这一条假辫子卖两元钱，比起剪发的价目来并不能算贵，其实他只因有一把轧剪，所以那么居奇，若是剃光头就算，任何剃头的都是做得来，但或者仍然要敲竹杠也未可知。鲁迅于癸卯（一九〇三年）秋回家一趟，那时就在上海买了一条假辫，戴时如不注意，歪了容易露出破绽，而且这一圈小辫扎紧在头顶，好像是孙行者的紧箍一样，大概也很不舒服。那年他在乡下要上街去的时候，才戴了两回，等到出发回学校去，一过了钱塘江，便只光头戴草帽了。乡里人看不惯没有辫子的人，但是似乎更不喜欢装假辫的，因为光头只是“假洋鬼子”罢了，光了头而又去装上假的辫子，似乎他别有什么居心，所以更感觉厌恶了。鲁迅在这一时期，戴不了几回假辫子，因此也不大怎么挨骂，那时我在乡下，是知道的。

二二　男学生剪发

鲁迅第二次回家是在丙午即一九〇六年夏天，那时也不记得他装假辫，因为在家日子不多，不常到外边去，就用不着这捞什子了。第三次归家是己酉即一九零九年春夏之交，往杭州的两级师范学堂教书，大概有一年多吧，这期间怎么样我不知道，须得请教当时的同事们，虽然许季茀、夏丏尊等人都已去世，但别的先生或者还可以找得到。

所谓假洋鬼子与打狗棒，向来是分不开的，但故事里N先生说，拿着一枝手杖，打那嘲骂的人，他们才渐渐的不骂了，这并不是事实，不过是另外有事实的根据的。本文中所说的本多博士即是林学博士本多静六，他到南洋和中国游历，有人问他：你不懂话，怎么走路呢？他拿起手杖来道：这便是他们的话，他们都懂。鲁迅在报上见到这话，时常提起来说，这里也拿来作材料，对于帝国主义的学者表示愤怒，也对于被这样说的国人表示悲哀。

大约在庚戌即一九一〇年的下半年吧，鲁迅从杭州回到乡下，在绍兴府学堂（后来的浙江省立五中）当学监，故事里所说学生剪发的事件就出在那时候。知府是溥字辈的宗室，却是一个庸懦的人，也没有什么意见，但是那时候裁府并县，他就卸任离去。可能那事件是出于辛亥年秋季，这位溥什么早已走掉了。师范学堂的学生六人剪发，都被开除，当是事实，校长似是杜海生，府学堂的校长是谁却已记不得了。

二三　女学生剪发

《头发的故事》的第三段是关于女人剪发的问题。男人剪发在清末民初虽然经过些波折，总算终于成功了，像上一段里所说，在辛亥革命的前夕青年竞先剪辫，因为没有遇见张勋、孙传芳这一流人，也幸得无事过去。男人的辫子在那时候只有政治的意义，民初尽管军阀专权，但总算换了朝代，所以清朝的辫子去掉并不足惜。可是女人的头发，那是另一件事，仿佛是有礼教的意义，剪去长发无异于打倒礼教，所以是绝不可容许的。

说也奇怪，军政官商的反对倒也罢了，那身为校长教员的太太小姐们尤其特别起劲，“剪掉头发的女人考不进学校去，或者被学校除了名”，这些都是实在的事情。那时是民国九年即一九二〇年，单说北京，女高师的附中、市立的女中，差不多都是这种规矩，那些校长们的名字大家也还记得。鲁迅在这里便很替那些因了头发而吃苦受难的女子不平，也可惜她们无谓的牺牲。“改革么，武器在哪里？”这改革显然是应写作革命，只是临文避了讳。下面又说：“你们的嘴里既然并无毒牙，何以偏要在额上贴起蝮蛇两个大字，引乞丐来打杀？”这尼采式的一句格言，是鲁迅自己平时所常说的话，放在故事中的N先生口里做个结束，倒也是适宜的。这篇《头发的故事》一看很是简单，但是说来已有了五节，就此打住吧！

二四 《风波》

《风波》这篇小说听说读的人最多，因此讲解批点的人自然也是最多了。这使得我很有点儿惶恐，觉得文章不好写，可是有什么办法呢？我没有工夫去详细参考，见到了些好意见也不好就借来用，反而要吓得不敢下笔了。考虑的结果还是单看白文，凭了自己关于乡下事情的一点的了解，老实的说去，最是省事，所以就这样的办了。

这故事是讲一个乡村和家庭里的小风波。七斤是撑航船的，辛亥光复之后在城里被剪去了辫子，便变了光头了，因为天天摇船进城，很知道些新闻，如某处雷公劈死了蜈蚣精之类，所以在村里也成了一个出色的人物。有一年夏天，他回来有点颓唐，他听说"皇帝坐了龙廷了"，又据咸亨酒店里的人说，皇帝是要辫子的，而他自己却是没有。七斤夫妇正在着急气恼，走来了邻村的名流，以前曾经被七斤骂过一回的赵七爷，他引据《三国演义》和“长毛”时候的典故，宣告没有辫子该当何罪，吓得他们要命。但是过了几天，七斤的老婆走过邻村赵七爷的酒店门口，看见他坐着看书，小辫又像道士似的盘在顶上了，回来同七斤讨论，是不是皇帝不坐龙廷了。结果是大家都想“不坐了罢”，于是这事就完了。七斤夫妇还是从前那么过日子，上有九斤老太，下有女儿六斤，也是那么生活下去。

二五　怕张顺

这里所说的也是关于头发的问题。在现代青年人看来，这不成什么问题，可是在清末民初却很成过问题，而且时间也颇长，鲁迅写这两篇小说都在民国九年，可以知道。中国人本来是留发挽髻，像以前的朝鲜人似的，满人抢了中国去，强迫剃头留辫子，人民抗拒不从，多被杀害，相传有留头不留发，留发不留头的话，又说剃头担的扁担很短，一头却长出一大段，本系腰刀，那一段是刀柄，杀了不肯剃头的人，就把头挂在那旗竿上示众。辛亥革命成功，在洪杨五十年后，民间对于剪发怀着戒心，这是不足怪的。曾见民国七年“北京大学日刊”上所载的“歌谣选”（每日载一则，刘半农选注，后未辑集印行）。有一则云：“不剃辫子没法混，剃了辫子怕张顺。”这大概是河北乐亭一带的歌谣，记得是李守常君所录寄的。还有注云：张顺盖系张勋之讹，勋字念作上声，便近于顺字了。这个事实可以说明七斤夫妇害怕的心理，但是还有一个反面，即是顽钝不通的假遗老，如赵七爷之流，他依附着统治阶级生活，觉得辫子是权威的象征，舍不得去掉，还有幸灾乐祸的造谣，去威吓没有了辫子的乡里人，那又是一个附助的原因了。

【附记】《北京大学日刊》自民国七年（一九一八）五月二十日开始登载《歌谣选》，由刘半农主编，从征集所得的稿内选出，每日一篇，至第一四八则而中止。当时曾裁出粘贴成册，顷于故纸堆中找到，因一检查，其中有李守常君寄稿三首，今录于下：

三四

瘦马拉搭脖，糠饭粃子活。原注云：直隶乐亭一带地主多赴关外经商，农事则佣工为之。此谣乃讽地主待遇工人不可太苛。若地主以糠饭食工人，则工人所作之工活亦粃子之类也。

三五

春鳖秋鳟，白眼割谷。原注云：乐亭滨海，产鱼。鳖、鳟、白眼，皆鱼名。春时最肥美者为鳖，秋时为鳟，割谷时则为白眼。

三六

不剃辫子没法混，剃了辫子怕张顺。原注云：入民国来，乡间盛传此谣。张顺殆张勋之讹。

二六　“孝道”

上边所说乡里人怕剪辫子由于怕惧，但也有一种是出于留恋之情的。头上剃成半边和尚，又长上一根茨菇的芽似的东西，对于它觉得留恋，这似乎是有点离奇的事，但也确是事实。本文中七斤嫂说，从前是绢光乌黑的辫子，现在弄得僧不僧、道不道的，即是现成的一例。还有些实例，说来有点可笑，在本人却是十分诚恳的，而且还从伦常道德出发，说来更是奇怪了。有许多人反对剪辫子，理由是说于“孝道”有缺，照例儿子遭着父母之丧，要结麻丝七天，便是把苎麻丝替代辫线，编在辫子里边，假如剪了发就没有地方去结了。不过这种“孝思”也抵御不住法令，乡里人如要到城市里去，终于不免被巡警将辫子剪去，于是他们发明一种新方法来补救这个缺恨。这有两样办法，其一于遭大故的时候，用麻丝作一箍，套在头上，馀下的几缕让它拖在脑后，其二是剃光了头，拿麻丝一大缕，用“膏药粘”（膏药用的素材）贴在顶门上，同样的挂了下去。这两样我都曾经见过，并不是信口开河，只是说明有的旧思想如何根深蒂固，往往不必要的支撑在那里，要经过很久的年月才能改变。辛亥革命，挂上“民国”招牌，政治还是那么样的糟，只是人民可以不再拖辫子罢了，有人说上毛厕和睡觉可以方便些，这个方便在最初却不大受欢迎，这事情如不说明原因，却是有点不容易了解的。

二七　复辟的年代

这篇故事的年代很是明显，因为皇帝坐龙廷和张大帅保驾，指的是宣统的复辟，时在民国六年七月，这是毫无问题的。但这原是一篇小说，著者只是借了这复辟事件来做个背景，并不是在写历史小说，所以与史实未必相合，而且这也原是不必的事。七斤天天撑航船进城，被剪去辫子当是民国元年，这到复辟时已有五年了，但故事里所写似乎只是第二年的事情，在村里只有七斤是光头，此外有些人“剪过辫子从新留起”，躲避不敢见赵七爷的面，可以知道，若是相隔五年，那留起的辫子也已颇长了。六斤在故事里不说明多大年纪，但说那时新近裹脚，所以可以推定是六岁吧，那么可能是民国元年所生的。七斤嫂说她在七斤剪掉辫子的时候（民国元年）哭了三天，连六斤这小鬼也都哭，若讲事实则六斤还不懂人事，哭也不是为了辫子的缘故。赵七爷所引的典故，即留头不留发两句话，乃是清初的出典，与洪杨时代无关，也是合不上去的，赵七爷只知道张翼德的丈八蛇矛，这样的说正无足怪，若信以为真，便上了他的当了。这里的地点说明是鲁镇，又有咸亨酒店出现几次，但是一个水乡的小村，因为从鲁镇有航船进城，一天里打来回，大概有三四十里的水路吧。乡下每天开行，与城里连络的叫作埠船，往外县去的才叫作航船，但在钱塘江以西则一律都称航船了。

二八　六斤

在《风波》里边，“六斤这小鬼”虽然出场的时候不多，却是很有重要的意义的。她最初在吃炒豆，听见九斤老太在骂，便躲在河边乌桕树后，伸出双丫角的小头，大声说：“这老不死的！”其次因为皇帝要辫子，大家正在惊扰的时候，她吃完一碗饭，嚷着要添，被七斤嫂用筷扎在双丫角的头上，喝道：“谁要你来多嘴，你这偷汉的小寡妇！”末了风波过去了，六斤已经大了一岁，双丫角变了一支辫发，虽然新近裹脚，却还能帮同七斤嫂做事，在土场上一瘸一拐的往来。读者尽可赏识他笔法之妙，但在著者，不久以前在《狂人日记》上提出“救救孩子”的口号，他是怎么的感想，我们去探讨一下，也是应当的。生活困苦，使得母子天性显得漓薄，这却正是苦的深刻的表现。著者常说，在乡下走过穷人家门口，看见两三岁的小儿坐在高凳上，他的母亲跪着拜祝道：我的爷呀，你为啥还不死呢！拜得那小儿拚命的哭叫。这事使他长久不能忘记，但尤其不能忘记的乃是看着小女孩一瘸一拐的走。现在看不到了，这是很幸福的。过去的人看惯了并不觉得难看，而且自然还有些人以为是“美”，所以这习俗才那么的普遍长远，至少维持了有一千年。

清朝的辫子是敌人所强迫拖上的，裹脚在清初曾禁止过，但士大夫却又特别爱护，终于因了王渔洋等人的努力，和八股文一起保留下来了。直至道光年中，俞正燮在讲唐朝服色的一篇文章上加以检讨，经康有为、蔡元培等人的提倡，逐渐成立废止缠足的运动。可是运动的进展很缓慢，《风波》里所写是民国六、七年的事情，距戊戌已将近二十年了，像六斤那么的小孩还是成群的一瘸一拐的走着，著者有说不尽的愤慨，只好那么冷冰冰的说一句作结罢了。如今又过了三十多年，六斤这一代中年人尚在，可是下一代总不再裹脚了，将来读书看到这里或者会觉得难懂，但这正是著者所希望的事，一定反以为幸福的吧。

二九　九斤老太

九斤老太是一个不平家，她的格言是“一代不如一代”。她不是哪一位老太太的写真，却又是实有其人，不过古今不知道有若干人，她只是其中一个近代的代表而已。据说现存世界最古的文书是埃及第十二王朝的一个写本，是四千二百年前，在中国正是相传大禹治水时代的东西，里边便说人心不古，可知这种意思真是古已有之的了。河边驶过的酒船里的文豪，望着七斤他们吃饭，感叹说：“这真是田家乐啊！”表面上虽有点不同，但实际是与九斤老太一鼻孔出气的，他逃避现实，只是不面向过去，却是往远隔的地方去找理想生活，田野山林便是好材料，虽然单是说说，决不真是要走到那里去的。

中国的诗人具有一个很特别的传统，他在行事上尽管势利熏心，只往上爬，做起诗来总是志在山林，推重隐逸，例如韩愈，在《上宰相书》中那么热心做官，但《山石》那一首诗中（取其收在《唐诗三百首》里，大家多知道，）却说“人生如此自可乐，岂必局促为人鞿”。诗豪与九斤老太正是一伙儿的人，或者可以说是诗与散文的两方面，因为诗人歌颂山林，写散文时便将变为嗟叹人心不古了。在原文中，这些部分都含有诙谐成分，挖苦诗人固不必说，便是九斤以至六斤，那么规则的递减一斤，也原是涉笔成趣的写法，七斤嫂斤斤于斤数的多寡，引私秤为证据，自然更是故作幽默罢了。

三〇　民俗资料

在《风波》这篇小说里，有好些乡村民俗的资料，这是值得注意的。如第一节云：

> 面河的农家的烟突里，逐渐减少了炊烟，女人孩子们都在自己门口的土场上泼些水，放下小桌子和矮凳；人知道，这已经是晚饭时候了。

又如女人端出乌黑的蒸干菜，又云七斤嫂将饭篮在桌上一摔，这都零碎而简洁的写出民间在夏天吃晚饭的情形来。九斤以至六斤这四代的名字本来是开玩笑的，但说明云："这村庄的习惯有点特别，女人生下孩子多喜欢用秤称了轻重，便用斤数当作小名。"这却说的是事实，而且也还是很普遍的习惯。七斤骂过赵七爷是"贱胎"，七斤嫂对着他的丈夫乱嚷，叫他作"死尸"，都是骂人的话，但也可以说是一种（不很好的）习惯。女人在乡村尽管被打被欺凌，有的却也很口头倔强，死尸和杀头这些话挂在嘴边的并不少见。说是七斤嫂特别泼悍，也不并然，在着急气恼的时候更容易多漏出来，那是很自然的事。七斤拿着象牙嘴白铜斗六尺多长的湘妃竹烟管，大概是故意夸张的描写，普通乡下男人只用毛竹烟管，长约三尺，女人用的较长，多是湘妃竹，但也没有到六尺的。六斤的饭碗破了一角，拿到城里去钉，用了铜钉十六个，也是随便说的，因为一只三炉碗，即使对裂了，如照乡下两个钉一排的钉法，五六排也就够了吧，至于一个钉几文钱，那已记不清楚，或者是三文一个亦未可知。

三一　两个故乡

鲁迅在《故乡》这篇小说里纪念他的故乡，但其实那故乡没有什么可纪念，结果是过去的梦幻为现实的阳光所冲破，只剩下了悲哀。但此外也有希望，希望后辈有他们新的生活，为我们所未经生活过的。原文结末云："我想：希望是本无所谓有，无所谓无的。这正如地上的路；其实地上本没有路，走的人多了，也便成了路。"这是很好的格言，也说得很好，没有尼采式的那么深刻，但是深远得多了。

这里前后有两个故乡，其一是过去的，其二是现在的。过去的故乡以闰土为中心，借了这个年青的农民，写出小时候所神往的境地：深蓝的天空中挂着一轮金黄的圆月，下面是海边的沙地，都种着一望无际的碧绿的西瓜。现在先从闰土说起。这闰土本名章运水，小说里把土代替了水字，闰运是同音的，也替换了，在国音里闰读如润，便有点隔离了。他的父亲名叫章福庆，是城东北道墟乡杜浦村人，那里是海边，他种着沙地，却是一个手艺工人，能制竹器，在周家做“忙月”，意思即是帮忙的，因为他并非长年，只在过年过节以及收租晒谷的时候来做工罢了。他有时来取稻草灰，也带了运水来过，但是有一年因为值祭，新年神像前的祭器需要人看守，那时便找运水来担任，新年照例至正月十八为止，所以他那一次的住在城内是相当长久的。

三二　看守祭器

本文中说大祭祀的值年离现在将有三十年了，那小说是一九二一年写的，计算起来该是一八九一年左右，事实上是光绪癸巳即一八九三年，那时鲁迅是十三岁。在覆盆桥周家有两个较大的祭祀值年，其一是第七世八世祖的致公祭，由致中和三房轮值，致房下分为智仁勇，智房下又分为兴立诚，鲁迅是兴房派下的。所以须得二十七年才能轮到一回。其二是第九世祖的佩公祭，单由致房各派轮值，这只要九年就够了。

一八九三年轮值的祭礼乃是佩公祭，因为在丙申即一八九六年伯宜公代立房值年。白尽义务（立房的子京将祭田田租预先押钱花光，发狂而死，已见《百草园杂记》中）正是此后第三年。其次是佩公祭资产较多，祭祀比较丰盛，神像前有一副古铜大五事，即是香炉烛台和花瓶，很是高大，分量也很重，偷去一只便很值点钱，所以特别要有人看守才行。还有一件特别的事故，便是鲁迅的曾祖母戴老太太以七十九岁的高寿于前一年即壬辰的除夕去世，大堂前要停灵，值年的祖像只好移挂别处，就借用了仁房所有的“大书房”，在“志伊学颜”的横匾下陈设起来。那是在大门内西偏，门口没有看门的人，很是不谨慎，当时仁房玉田在那里设着家塾，孟夫子即孔乙己就有时会溜进来，拿走一点文房具的。因此之故，看守更是不可少了。

三三 闰土父子

本文里说闰土能装弶捕小鸟雀，这是他父亲的事，在《朝华夕拾》中曾有过一段叙述。他的父亲名福庆，小孩们叫他“庆叔”，是种地兼做竹匠的，很是聪明能干，他用米筛捕鸟，关在用竹络倒放撑开的麻袋里，后来拿锡酒壶盛大半壶水，把小鸟的头塞在壶口内，使它窒息而死，都是很简单巧妙的。壬辰那年冬天特别冷，下雪很多，积得有尺把厚，河水也冻了，有一两天航船不能开行，是向来少有的事情。因为大雪的缘故鸟雀无处得食，所以捕获很容易，这以后就再没有这种机会，即使下点雪，也没有那些鸟来了。这事可以断定是在壬辰冬天，因为癸巳正月里一直忙丧事和祭祀，不能再有这闲工夫了。

闰土出场那时是第一次，中间隔了六年，他第二次出场是在庚子（一九〇〇年）正月，初七日日记下云：“午后至江桥，运水往陶二峰处测字，余等同往观之，皆谰语可噱。”测的不知是什么字，但谰语有些却还记得，有混沌乾坤，阴阳搭戤等句子，末了则厉声曰：勿可着鬼那么的着！闰土乃垂头丧气而出，鲁迅便很嘲笑他，说他瘟了，学陶二峰的话来说他，使得他很窘。过了几年之后，庆叔显得衰老忧郁，听鲁老太太说，才知道他家境不好，闰土结婚后与村中一个寡妇要好，终于闹到离婚，章家当然要花了些钱。在闰土不满意于包办的婚姻，可能是有理由的，但海边农家经过这一个风波，损失不小，难怪庆叔的大受打击了。后来推想起来，陶二峰测字那时候大概正闹着那问题，测字人看出他的神情，便那么的训斥了一顿，在这里也正可以看到占卜者的机警与江湖诀了。

三四　豆腐西施

闰土的第三次出场是在民国以后，姑且说是民国元年（一九一二）吧。假定他是与鲁迅同庚的，那么那时该是三十二岁，但如本文中所说已经很是憔悴，因为如老实的农民一样，都是“辛苦麻木而生活着”，这种暗淡的空气，在乡村里原是很普遍的。鲁迅的第二个故乡乃是民国八年（一九一九）的绍兴，在这背景出现的仍是闰土，他的样子便是民初的那模样，那海边的幻景早已消灭，放在眼前的只是“瓦楞上许多枯草的断茎当风抖着”的老屋。那些稻鸡、角鸡、鹁鸪、跳鱼，以及偷吃西瓜的小动物，叫作俗音遮字，小说中写作犬边查字的，都已不见影踪，只换了几个女人，里边当然也有衍太太，但特别提出的乃是绰号“豆腐西施”的杨二嫂。

豆腐西施的名称原是事出有因，杨二嫂这人当然只是小说化的人物。乡下人听故事看戏文，记住了貂蝉的名字，以为她一定是很“刁”的女人，所以用作骂人的名称，又不知从哪里听说古时有个西施（绍兴戏里不记得出现过她），便拿来形容美人，其实是爱美的人，因为这里边很有些讽刺的分子。近处豆腐店里大概出过这么一个搔首弄姿的人，在鲁迅的记忆上留下这个名号，至于实在的人物已经不详，杨二嫂只是平常的街坊的女人，叫她顶替着这诨名而已。她的言行大抵是写实的，不过并非出于某一个人，也含有衍太太的成分在内。

三五　搬家

《故乡》是一篇小说，读者自应去当作小说看，不管它里边有多少事实。我们别一方面从里边举出事实来，一则可以看著者怎样使用材料，一则也略作说明，是一种注释的性质。还有一层，读者虽然不把小说当做事实，但可能有人会得去从其中想寻传记的资料，这里也就给予他们一点帮助，免得乱寻瞎找，以致虚实混淆在一起，这不但是小说，便是文艺性的自叙记录也常是如此，德国文豪歌德写有自叙传，题名曰《诗与真实》，说得正好，表示里边含有这两类性质的东西。两者截然分开的固然也有，但大半或者是混合在一起，即是事实而有点诗化了，读去是很好的文章，当作传记资料去用时又有些出入，要经过点琢磨才能够适合的嵌上去。

这篇小说的基干是从故乡搬家北来的这一件事，在一九一九年冬天，于十二月一日离北京，二十九日回京，详细路程当查《鲁迅日记》，今可不赘。但事实便至此为止，此外多有些诗化的分子，如叙到了家门口时的情形，看见“瓦楞上许多枯草的断茎当风抖着”，这写是很好，但实际上南方屋瓦只是虚叠着，不像北方用泥和灰粘住，裂缝中容得野草生根，那边所有的是瓦松，到冬天都干萎了，不会像莎草类那么的有断茎矗立着的。话虽如此，若是这里说望见瓦楞上倒着些干萎的瓦松，文字的效力便要差了不少了。

三六　狗气杀

其次，在搬家之前处分那些家具，那里没有旧货店收购（固然收购的价格，木器也是劈柴价钱罢了），少数有人要买的只出有限的代价，大部分给了人家，有些是被明拿或暗偷了去了。本文中特别提出豆腐西施顺手牵羊的拿走了一个“狗气杀”，这里原是涉笔成趣，而且狗气杀这东西的确也值得记述，本文里有括弧注云：“这是我们这里养鸡的器具，木盘上面有着栅栏，内盛食料，鸡可以伸进脖子去啄，狗却不能，只能看着气死。”绍兴养鸡照例用剩馀米饭，拌入米糠，给鸡吃了特别健康，又多养的是线鸡，即阉过的公鸡，养大了非常肥嫩，外间称为越鸡，是有名的物产。有馀地造“鸡间”，圈养在那里的人家，普通只用鸡寨来盛糠拌饭，这也是脸盆似的一个木盘，边上直竖着一枝木柄，以便执持，因为是关在里边，狗不会得进来，所以无须装有栅栏，虽然狗钻空子撞门潜入，偷吃一空的事情也不是没有，但那只可算是偶然的了。在临街的住户，或是一两进的房屋，鸡便在路上明堂（院子）里散步，那么这狗气杀便是必要，乡下没有人家养狗，可是街上的狗很多，算来都是野狗，却吃得相当肥胖，它固然不单靠糠拌饭为生，也总是它预算中一个重要项目吧。照这样说来，鲁迅家中养鸡的器具该是平常的鸡寨，不过这只是讲道理说事实，若豆腐西施与狗气杀则是小说，原不是一件事情。

三七　木刻书板

搬家前器具的损失，在小说里不可能有具体的记述，本文中的一副手套，十多个碗碟和狗气杀，那全是点缀，但即小以见大，大概情形也就可以想见了。但是事实上最觉得可惜的还是器用以外的一副无用的木刻书板，即是鲁迅所辑的《会稽郡故书杂集》。这在民四乙卯（一九一五年）四月托清道桥许广记所刻，付银元四十元，刻成印书一百部，这板搁在楼上，整理什物时把旧存伯宜公的《入学试草》（进秀才时的文诗，刻印送给亲友的）刻板付之一炬，无意中却将这《杂集》的板也一起烧掉了。

在前一年即民三甲寅（一九一四）九月，鲁迅曾将银洋六十元交给金陵刻经处代刻《百喻经》上下卷，印书四十部，馀款六元，见于卷尾附识，这副板留在南京，可能还是存在。鲁迅那时辑录逸文，为《古小说钩沉》，大部分已经完成，对于佛经中的譬喻故事也很看重，特别抄出这部《百喻经》来，给它翻刻。至民十五（一九二六）年王品青加以标点，用铅字印行，用它梵文的原名曰《痴华鬘》，鲁迅替他写了一篇题记，是用文言的，这与替章川岛写的《游仙窟》题记不知道收在全集拾遗里没有。《痴华鬘》原意是说痴人戴的花冠，西洋承希腊的馀风称诗文选集为“花冠”，因为花冠是采集各种花朵所编成的，原来古代印度也有此称，中国虽然说“含英咀华”，意思有点相近，可是这“吃”的说法总是有点庸俗了。

三八　路程

从绍兴到北京的路程，可以分作两段，第一段是绍兴至杭州，第二段是杭州至北京。这两段长短不大一样，但是有一个很大的差别，前段水路坐船，后段陆路坐火车。杭州南星桥站出发，当天到达上海南站，次早北站上车，在南京浦口轮渡后，改坐津浦车，次日傍晚到天津，再搭那时的京奉车，当夜可抵正阳门，其间要换车四次，但坐火车总是一样的。绍兴出西郭门至萧山的西兴镇只有驿路一站，坐民船只一夜就够了，从西兴徒步或乘小轿过钱塘江，那时已用小火轮拖渡，平安迅速，对岸松毛场上岸便是杭州，离南星桥不远，来得及买票上车。这一夜的民船最有趣味，但那也以归乡时为佳，因为夏晚蹲船头上看水乡风景确实不差，从绍兴来时所见只是附郭一带，无甚可看，而且离乡的心情总不太好，也是一个原因。本文中说到路程，只是水路那一段，因为是搬家去的，连到家的时候也显得有点暗淡，离家时自然更是如此，虽然说“我躺着，听船底潺潺的水声”，很简单却写的很是得神。同行的人本文只说到母亲与宏儿，这也自然是小说化的地方，事实上同走的连他自己共有七人，其中两个小孩都是三弟妇的，长女末利才三岁，长子冲两岁，时在乡下病卒，次子还没有名字，生后七个月，小说中便将他诗化了，成为八岁的宏儿，因为否则他就不能与闰土的儿子水生去做朋友了。

三九 《阿Q正传》

说到《阿Q正传》，这是一个难问题，因为篇幅长内容有点复杂。我们不谈文艺思想，只说这里所用材料里有哪些事实，现在便从那题目开始。写这篇小说的缘起，大家从著者本人以及晨报社的编者那边大概听见说过，当时是在北京《晨报副刊》上发表的，这件事与本文的性格很有些关系，在民国十年（一九二一）以前各报都还没有副刊，《晨报》在第五版上登载些杂感小文，比较有点新气象，大约在那年秋冬之交，蒲伯英发起增加附张，称之曰"副镌"，由孙伏园管编辑的事。蒲伯英又出主意，星期日那一张副刊要特别编得多样出色，读起来轻松，他自己动手写散文随笔，鲁迅便应邀来写小说，这便是《阿Q正传》。在这中间有几种特点，其一为星期特刊而写的，笔调比平常轻松，却也特别深刻。其二因为要与《新青年》的小说作者区别，署名改用巴人，一时读者多误会是蒲伯英所写，他虽是四川人，与“巴”字拉得上，其实文笔是全不相同的。其三，小说里地点不用鲁镇，改称未庄，那里也出现酒店，并无名字，不叫作咸亨了。正传共分九节，每星期登载一节，计共历九个星期，小说末后注云“一九二一年十二月”，假定是十二月中旬写毕，那么开始揭载当在十月上旬，《晨报副刊》合订本在图书馆中当然存在，可以查考的确时日，现在不过推定一个大概罢了。

四〇 《正传》

《正传》的第一章是《序》。这《序》是一篇所谓蘑菇文章，是冲着当时整理国故的空气，对那些有“历史癖与考据癖”的先生们开玩笑的。这里第一段是关于《正传》的名称的考究，像煞有介事的加以仔细的穿凿，从“列传”说起，觉得许多名称都不合适。“列传”是史书的体裁，“自传”不能由别人代写，“家传”是要家属代求，“小传”则他又更无别的“大传”。古代小说家有《汉武帝内传》，记遇见西王母的事，是属于神仙家的，伶玄著《飞燕外传》，又称为《赵后别传》，鲁迅在抄辑古小说，对于这些著作，知道得很清楚，所以都隐括在里面。这些人在史上有“本传”，所以可有“外传”“别传”，这里的主人公却并不是，著者特别拉出林琴南来道：

> 虽然英国正史上并无“博徒列传”，而文豪迭更司也做过《博徒别传》这一部书，但文豪则

可，在我辈却不可的。

迭更司这小说的原名我记不清楚了，林译用了这么一个书名，虽是比什么《香钩情眼》等要好得不少，这里却不禁引来做个材料，也正是“操刀必割”吧。林琴南又译有哈葛得的一部《迦茵小传》，以前有人译过下半部，为的保存女主人公的道德，把她私通怀孕部分略去，说是上卷缺失，林氏将全部重译出来，鲁迅对于此本颇有好感，可能这“小传”的名字可以衍用的了。但他觉得不够奇特，所以说阿 Q 更无别的“大传”，也不能用，结果从“闲话休题言归正传”这句话里，取出“正传”两个字来作为名目。

四一　阿 Q

《序》的第二段是考究阿 Q 的姓名籍贯。主要是名字，本文中说这读音是阿桂或阿贵，但是未能决定，因为他既非号叫月亭，或证明生日在八月里，便不能决定是阿桂，而他又没有名叫阿富的兄弟，说是阿贵也证据不足。几经考虑之后，只好来用拼音，本来注音字母正可以用，但是没有意思，所以故意撇开，改用洋字，如照威妥玛式拼音第一字也应用“开”字，略作阿开这也没有意思，更进一步说照英文拼法，用“寇”字成为阿寇，这里固然在讽刺用罗马字拼音只知道照英文读法的学者们，实际上乃是本意要用这个 Q 字，因此去转了那么一个大圈子，归结到这里。据著者自己说，他就觉得那 Q 字（须得大写）上边的小辫好玩。初版的《呐喊》里只有《阿 Q 正传》第一页上三个 Q 字是合格的，因为他拖着那条小辫，第二页以后直至末了，上边目录上那许多字都是另一写法，仿佛是一个圆圈下加一捺，可以说是不合于著者的标准的了。

阿Q在“正传”里是一个所谓箭垛，好些人的事情都堆积在他身上，真是他自己的言行至多只是两三件罢了，为得他在乡下特别有名，那两三件事情特别突出么，也并不见得，他的当选实在乃是为他的名字。假如鲁迅写平常的小说，就是像《呐喊》里前面那些小说，他可能就叫他阿桂，若是要写他的事情。但这回是为星期特刊写的，所以在这名字上面也加上了这一点花样了。

四二　为什么姓赵

在《正传》里有两三件事情的阿桂假如真是阿 Q 本人，那么他是有姓的，他姓谢，他有一个哥哥叫作谢阿有。可是这《正传》中所要的并不是呆板的史实，本文说他似乎是姓赵，这样可以让秀才的父亲赵太爷叫去打嘴巴，说他不配姓赵，从第二日起他的姓赵的事便又模糊了，所以终于不知道姓什么。其实如说阿 Q 姓谢，自夸与谢太爷原是本家被谢太爷打了之后，不准姓谢，也是可以的，但这样也就没有多大意思了。为什么呢？秀才的父亲是赵太爷，这与那“假洋鬼子”的父亲是钱太爷都是特别有意义的，这《百家姓》的头两名的姓氏正代表着中国士大夫的新旧两派，如改为姓谢姓王，意思便要差得多了。《狂人日记》中的赵贵翁也就是代表这派势力（古久先生即是所谓国故与国粹），《风波》中的赵七爷更显然是反动的遗老，所以是一伙儿的人。著者当时未必有这种计划，但随手写来，自然归纳到这里，我们这么的说，或者不算是什么附会。

说到籍贯，阿Q算作未庄人，本来可以不成什么问题，但著者要讽刺那些喜称郡望（如赵曰天水，钱曰彭城）的好古家，于是又“蘑菇”了一会儿，仍把这作为悬案，姓名籍贯三问题一个也不曾解决。结末云：“我所聊以自慰的，是一个‘阿’字非常正确，绝无附会假借的缺点。”这话说的很是滑稽，同时对于学界的讥刺也很是深刻的。

四三 《优胜纪略》

《正传》的第二章是《优胜纪略》，第三章是《续优胜纪略》。这题目虽然并不一定模仿《绥寇纪略》，但总之很有夸大的滑稽味，便是将小丑当作英雄去描写，更明显的可以现出讽刺的意思来。所谓优胜即是本文中的“精神的胜利”。这个玄妙的说法本来不是阿Q之流所能懂的，实际上乃是智识阶级的玩意儿，是用做八股文方法想出来，聊以自慰，现在借了来应用在阿Q身上，便请他来当代表罢了。

在清朝末期，由于帝国主义的猖獗，异族政府的腐败，民间感觉不满，革命主张与改良主义相继发生，但一般顽固的还是反对。有些是承认不好，却说“家丑不可外扬”，如《狂人日记》第八节所说：“总之你不该说，你说便是你错！”是一个好例。一时举不出别的知名的人来，这里可能著者是根据他的本家举人椒生叔祖所对他说过的话。又有些人更进一步，中国所有坏处和缺点都是好的，如辜鸿铭极力拥护过辫子和小脚，专制和多妻，又说中国人脏，那就是脏得好。《新青年》上登过一首林损的新诗（他是反对派，但是写了白话诗送给刘半农、胡适之看，他们便把它登上了），头两句云：“美比你不过，我和你比丑。”鲁迅时常引了来说明士大夫的那种怪思想，肮脏胜过洁净，丑胜过美，因此失败至少也总就是胜利，即形式上虽是失败，但精神上胜利了，只要心里想这是“儿子打老子”。

四四　胜利一

这一回里的胜利是前后两段。前段是对于“闲人”的，即是游手好闲的人，这也可以称作流氓，方言叫“破脚骨”的便是。但是他们有大小之分，大破脚骨大概是青红帮人物，为非作歹，搞的都是大票生意，那是另一回事，与我们现在有关系的只是那些小破脚骨罢了。他们在街上游行找事，讹诈勒索，调戏妇女，抢夺东西，吵嘴打架，因为在他们职业上常有挨打的可能，因此在这一方面需要相当的修炼，便是经得起打，术语称曰“受路足”。鲁迅的一个本家伯父名叫四七，在祠祭时自述他的故事，“打翻又爬起，爬起又打翻”，是一个好例，起码要有这样不屈（?）的精神，方才进得他们的队伙里去。

在这一点上，阿Q却是不够的。他是一个北方的所谓“乏人”，什么勇气力气都没有，光是自大，在这里著者正是借了他暗指那士大夫，这也说不定。他与闲人冲突，便因为闲人们爱讥笑他，犯他的讳。他的头上有癞头疮疤，所以讳说“癞”字以及一切同音的字，又推广到“光”字“亮”字，后来连“灯”“烛”也都忌讳了。老太婆们有些忌讳，乃是关于不吉的事的，若是关于个人的忌讳，则是士大夫所独有，宋朝有知州田登讳“灯”为“火”，元宵放灯称为“放火”，俗语至今说：“只许州官放火，不准百姓点灯。”就这冲突的原因来看，对方是闲人，这边虽然也似乎是闲人模样，但性质略有不同，那种自大是并非闲人所有的。

四五　胜利二

阿Q与闲人相打，事实上是挨闲人的打，被人揪住黄辫子，在墙壁上碰了四五个响头，形式上是完全打败了，但是他心里想，“我总算被儿子打了”，这样在精神上也就得了胜利。后来人家知道了他这意思，便先对他说，这不是儿子打老子，是人打畜生，要他自己承认，他更进一步的说，这是在打虫豸，好不好？可是闲人并不放他，仍旧给他碰上五六个响头，方才住手。人家以为这回他一定遭了瘟了，但是并不然，阿Q还是得胜的走了，他觉得是第一个能够自轻自贱的人，既然是第一个，岂不也就胜过了一切旁人了么？这说明或者未免对于阿Q挖苦得太深刻了一点，但我们看上边林损的诗里，美比不过，同你比丑的话，便可明了挖苦并不过当，至少这拿来应用于林损诸公总是很适合的。

后段的胜利与这里颇有关联，虽然形式很不相同。阿Q在戏台下赌摊赌钱，好容易赢了些洋钱角子，一下子被人拿走了。这是一个大失败，说是算被儿子拿去了吧，说自己是虫豸吧，都还是忽忽不乐，好像精神上也失败了。但是他立刻转败为胜，他举起右手，在自己脸上连打了两个嘴巴，打完之后，便心平气和起来，慢慢觉得是自己打了别人一般，心满意足的躺下了。实际上有没有这样的人，我不能知道，但是这里具体的写出士大夫夸示精神的胜利的情状，总是够十分深刻的了。

四六　牌宝

那第二个胜利的背景是戏台下的赌摊。关于赌摊，可惜我没有一点知识，可以加些说明，不然这倒是很好玩的。本文中说是“押牌宝”，小时候所听到的也常是这个名称，虽然事实上有各式各样的玩意儿。据那时候的了解，牌宝是用骨牌中的天地人和四张，每回在盒子里装上一张，让人猜押，一人做庄是庄家，一人做宝的叫作宝官。做宝很不是一件容易事，传说昔有夫妇开赌场，丈夫做庄，妻子做宝，每回拿盒子去放在窗口，由她做好了仍放原处，再拿去开宝。有一回，接连的开了若干次，都是同一张牌，大出赌客的意外，庄家赢钱甚多，及至回到房内，却发见妻子已经吊死了。原来她听见最初她的丈夫大输，非常忧急，一时心窄便上了吊，外边不知道，仍旧把盒子搁在窗口，随复拿去，所以开出来老是那一张牌，后来乃有“棺材头宝”的名称云。这传说可能有误传，我只是道听途说的记录下来，希望有同乡博闻的朋友能够给我们说一个清楚。曾有人说，本文中庄家所唱的话不大确当，这也正是可能的事，因为著者没有机会亲身去看过。只是在看社戏或从戏台下走过的时候，耳朵里听见他们抖抖的沙哑的唱声而已。本文中所说的唱词或者不是牌宝所用的也未可知，或者是牌九所用的么？我也全是茫然，这里只有敬候高明的指教了。

四七　赌摊

赌摊在乡下随时都有，反正闲人原是通年闲着，赌摊开时不愁没有人来，但戏台下自然最好。为什么呢？平常闲人们聚集拢来，大半是内行，不大有多少油水，戏台下人杂，可能有些“瘟孙”来上当，便好大大的掳一批了。赌摊大抵设在戏台底下，或是台后面闲空地方，在地上放着一两盏点洋油的长嘴马口铁小壶，开始他们的把戏。他们有两个步骤，最初是正式赌钱，赌客的钱渐渐的输入庄家的腰间，这赌场便顺利的开下去，若是倒转过来，庄家的钱输给赌客了，那时就得使用别的办法。忽然间有人打起架来了，洋油灯一下子弄灭，不但赌客的摊上的钱连他手里口袋里的也都不见，假如没有像阿Q似的被打上几拳，那已经是很运气的了。这时候有的假装衙役来捉赌了，有的只是打架，反正都没有关系，由庄家一伙的人扮演，把钱掳走就完事。阿Q原是乏人，但这里又被写成瘟孙，本来他在社会上混，这点经验也该有的，只是著者要写赌摊的那一幕，不能不把他暂且屈尊一下了。本文中说那些摆赌摊的多不是本村人，为的是小说要省事，不想拉扯开去，其实那都是近地的破脚骨，特别是与衙役有连络的人，平常也与阿Q相识的，庄家的唱词中有“阿Q的铜钱拿过来”，可以为证。唱时将对方的名字加在里边，这是常有的事，著者这一句记录可以说是有事实的根据的。

四八　失败一

第三章的题目是《续优胜纪略》，内容却与前章很不相同，因为这里所说的不是精神的胜利，乃是接连的几件事，可以说是两个失败与一个胜利。这两章里所说的阿 Q 并无其人，可是那些事情却都是有过的，即使有的枝节部分出于小说化，但其主干还是实在的，不知在哪一时候由哪些人说过做过，著者留心收集了来，现在都给阿 Q 背在身上。这里有些讽刺很是深刻，虽然从表面看来有许多玩笑分子，但这正是果戈理的那苦笑，这种手法在以前中国小说里是很少有人用的。

阿 Q 的失败之一是落在王胡的手上。王胡和阿 Q 是差不多的人物，因为是络腮胡子，为阿 Q 所看不起，阿 Q 挨闲人们的打也就算了，唯独对于王胡不但不怕，而且还敢对他挑战。本文中说他捉虱子不及王胡，生起气来，这是故意说的好玩，总之他发动攻势，抢过去就是一拳，却被王胡接住，扭了辫子要拉到墙上照例去碰头，那时阿Q改口说道："君子动口不动手！"结果王胡并不是君子，仍旧给他碰了五下，又推他跌出六尺多远，扬长而去。这与闲人事件没有多大不同，只是因为王胡是他所藐视的人，却敢于动手，给予他一个大打击，觉得这是第一件的屈辱。在著者的原意，这里或者还有一个副目的，便是借此做个架子，可以挂出"君子动口不动手"的那块"格言"匾来吧。

四九　失败二

阿Q的失败之二是落在“假洋鬼子”的手上。这是钱太爷的儿子，曾经到城里进过洋学堂，又出洋半年回来，腿也直了，辫子也不见了，却戴着一条假辫，拿着一支黄漆的哭丧棒，是阿Q所最为深恶而痛绝之的人，称他假洋鬼子，也叫作里通外国的人。这意见与第六章里说杀革命党好看，第四章里说女人是害人的东西，都有联系，都是士大夫的正宗思想，在小说里却来借给了阿Q了。当时在王胡手里吃了亏，正没有好气，看见这个对头走来，不禁把向来在肚子里暗暗的咒骂的话说了出来，结果是在头上拍的被打了一棍子。他赶紧指着近旁的一个孩子分辩说：“我说他！”但拍拍的还是打上几棍才了事。钱家很有势力，虽然他厌恶假洋鬼子，可是对他一点都没有抵抗的力气，简直一败涂地，便成了生平第二件屈辱。这里骂了之后辩解说“我说他”，与上文打人失败之后主张“君子动口不动手”，正是好一对，很巧妙的安排在一章里边。著者写阿Q被哭丧棒所打，以及打后的情形，说的很深刻，这已经超过了滑稽而近于悲痛了。如我们前回说过，以上都没有实在的人，自然与阿Q这名字的主人阿桂更无关系，著者只是以观察所得，具体的当作一个人的事情写了出来，若是守住时地人物的范围，我们这里便没有什么可说，所以有点近于注解，也正是当然的了。

五〇　胜利三

这一次的胜利，与前两次不相同，这不是以失败为胜利的那种精神的胜利，乃是在形式上实质上都是胜利的，即古人所谓“虐无告”，对于弱者的胜利。这胜利的对象是静修庵的小尼姑。《阿Q正传》讲到现在才说着一件真实的事物，即是这个静修庵。这庵在通称南门的植利门外，土名不晓得叫什么地方，但是只要提起静修庵的名字，大家大抵知道，可见这在乡下是大大的有名的。这也并不是什么花庵，可以去吃酒打牌的，它的有名大概是因为庵大，或者年代也相当的远吧。先代祖坟多在南门外，扫墓时节常常路过，望见四野中相当高大的四方的一座围墙，后边大概是园，有竹林和大树露出在墙外。庵的内部我们不知道，因为没有机会进去过，也有人喜欢游玩庵堂，其实如不是别有用心的人，谁也没有进尼庵去游玩的必要的。可是在一般社会上，庵堂与尼姑多少有一点神秘性，特别对于尼姑，最普通的是一种忌讳，路上遇见尼姑，多要吐口唾沫，有的两个男人同走，便分开两旁，把她搿过，可以脱掉晦气。这样习惯在读书人还不能免，闲人们的起哄，自然更是难怪了。阿Q受了两次失败，在酒店门口遇着静修庵的小尼姑，这给了他出气的好机会，动手动脚，口说胡话，博得路人的大笑。这回他真得了胜利，遍身觉得轻松，飘飘然的似乎要飞去了。

五一 《恋爱的悲剧》

《恋爱的悲剧》这故事是有所本的，但那也只是故事的中心，前后那些文章都是著者自己的穿插。鲁迅常传述夏穗卿的话道：中国在唐以前女人是奴隶，唐以后则男子全成为奴隶，女人乃是物品了。这话在历史上或者未必全正确，但譬喻却是很好，奴隶究竟还算是人，物品则更下一等，西洋中古时代基督教主教会议说女人没有灵魂，正是同样情形。在封建道德下，女人本来受着两重的压迫，在唐以后道学与佛教同时发达，空气更是严重，于事实的压迫上更加了理论的轻蔑，这形势差不多维持了有一千年。著者借了上章阿Q欺侮小尼姑的故事做过渡，引出他对于女人的感想，就在这里把士大夫的女性观暴露了一番。他们的意见在表面上是两个，好的时候是泥美人似的玩物，说得不好是破家亡国的狐狸精，大抵前者多用于诗词，在做史论时则都是后者的一套论调了。

文人读得书多，可以从妲己、褒姒讲起，以至西施、武后、杨贵妃，一直到陈圆圆，说上一大篇，虽然阿Q可能只记得害了董太师的貂蝉而已。鲁迅对于这种议论素所憎恶，就在阿Q的身上写了出来，一面是轻蔑，一面又是追求，这里与士大夫正是一致，所以本文中称许阿Q也是“正人”。又如叙述他的“学说”道：

> 一个女人在外面走一定想引诱野男人；一男一女在那里讲话，一定要有勾当了。为惩治他们起见，所以他往往怒目而视，或者大声说几句“诛心”话，或者在冷僻处便从后面掷一块小石头。

这表面是说阿Q，可是千百士大夫的面目也在里面了。当这《正传》陆续发表的时候，鲁迅亲见同部的许多老爷们都在猜疑这里那里，所说的会不会就是自己，由此可见，不但那些士人颇有自知之明，著者讽刺的笔锋正确的射中了标的，也是很明了的了。

五二　旧女性观

中国从封建道德下所养成的女性观的确是一个很严重的问题，这经过了多少年代，一直流传下来，不曾遇着什么抵抗，潜势力很大。过去出些贤哲，却只替统治阶级张目，结果是宋元以后因了理学反加重了妇女的束缚。直到明季才有一个李卓吾，发了些正论，在他的《初潭集》里。《诗经》里说“赫赫宗周，褒姒灭之”。汉朝有人批评赵飞燕说“祸水灭火”，但汉武帝并未亡国，反而立了些有益于后世的武功。由此可见破国败家的原因别有所在，并不一定在于女人，即使夏朝没有妹喜，吴国没有西施也要败亡的。他又说如周末的天王，寄食东西，与贫乞何殊，一饭不能自给，何从有声色之娱，但周朝也自完了。卓文君、蔡文姬、武则天这些女人，向来为读书人所批评嘲骂，他也给她们翻案，说话虽是新奇，现今看来却正是很公正平稳的。

但是李卓吾却也因此为士大夫所痛恨，终于以“非圣无法”被告发，死于狱中。清朝虽有俞正燮很有理解，可是不大敢怎么明说，到了五四前后，打倒礼教的口号才叫了出来，也就提出了妇女问题，在鲁迅的小说中常有说及，但也还没法子解决，这正是当然的，因为妇女问题须待共产党领导中国人民掌握了政权后才能解决。现今《婚姻法》发布，解决已在开始了，同时要紧的事情是去消灭散在民间的旧女性观，把它连根拔了才好。解释《正传》，却讲起道理来，似乎有点可笑，但我相信这也正是题中应有之义，所以这一节终于加上了。

五三　悲剧的主人公

《恋爱的悲剧》主人公原来是桐少爷。他乃是鲁迅的同高祖的叔辈，是衍太太的亲侄儿，谱名凤桐，号桐生，母亲早死，父亲外出不归，小时候留养在外婆家，外婆死后归宗，诚房一派为衍太太所独占，只好住在门房里，三日两餐的过日子。他没有能力谋生活，又喜喝酒，做小买卖也不能持久，往往连本钱和竹篮都喝了下去，挑水舂米都是干不来的，可以说是与孔乙己大同小异的一派败落大家子弟吧。他虽穷但不偷窃，所以没有像孔乙己的被打坏了腿，就只是这一回挨了打，即是所谓悲剧的结果了。

他不会得舂米，不晓得是帮什么忙，在本家叔辈孝廉公那里，孝廉公号椒生，以前在南京水师学堂做监督和汉文教习多年，那时已去职回家了，椒生的次子号仲翔是个秀才，长子伯文，没有进学，眼突出，性复躁暴，绰号“金鱼”，常喜和人家打架。有一天桐少爷在他们的灶头，不知怎的忽然向老妈子跪下道：你给我做了老婆，你给我做了老婆！那老妈子吵了起来，伯文便赶来拿了大竹杠在桐生的脊梁上敲了好几下。这事件便是这样的完结了，所谓小说的本事说明了只是这一点子，因为事情很滑稽，鲁迅记忆着拿来放在这里，至于后文如吴妈要上吊，以及交给地保办理，那么大规模的赔罪，原来并不曾有，乃是著者的小说化，但赔罪的那种习俗却是实有的。

五四　地保

《正传》里所说的赵府上叫阿Q赔罪的那种做法，在乡下叫作“投地保”。地保大抵等于国民党反动统治时代的保长，乡下又称作总甲，别处或称地方，在绍兴现在虽没有这个名称，但有急难时大声呼救却仍是叫“地方”，可知那也是古已有之的。在前清末年充当地保的大都是本地的闲人，与衙役本是一类，其品质还要在轿班之下，因为抬轿究竟要些力气，他们都是游手好闲，吃上鸦片，差不多是一副瘪三神气了。论理他是主管这一坊的民事的人，但他本是皂隶的一种，所以对于农工商人他很有一点威势，在士绅面前却又成为他们的听差了。士大夫不必说，那些地主豪商，大抵捐有什么功名，大则候补道，小的也是个县丞之流，因此算是准士大夫，有同样的势力。这些在野的统治阶级遇着平民触犯了他的时候，多是装腔作势的叫人拿名片送官，要地方官给他出气，事情小一点的则投地保，就是把地保叫来，命令他处理某人触犯的事件。

地保的情状当然是各式各样，据个人小时候即光绪庚子（一九〇〇年）前后的印象来说，他穿着一件蓝布短大褂，上罩黑布背心，比例上似乎特别的长，头戴瓜皮秋帽，手里拿着一根二尺多长的烟管，外带“烟必子”和皮火刀盒。他见老爷们也不行礼，只垂手听吩咐，出去依照办理。结果总是由被投地保的赔罪了事，其条件由地保临时折衷决定。

五五　讨饶

平民被投了地保，向阔人家赔罪，在乡下称作“讨饶”，其最普通的办法是送去一对蜡烛。这蜡烛或点或不点，也不明白是点给谁的，因为对于活人没有点蜡烛的习俗。蜡烛有“斤通”，每枝重一斤，可以点一通夜。“半通”重半斤。四两，二两点一黄昏，名曰“门宵”，以至矮小仅寸许者，名“三拜蜡烛”，谓拜后即灭。赔罪所用大抵都是“门宵”，只是装个样子，本文里说是“斤通”，乃是小说化，若是事情重大，不在蜡烛加大，却是另外加上花样。这即是使用“小清音”一堂。正式的“小清音”要两张方桌，半张桌上搭起架子，有若干人奏乐演唱，但在讨饶的时候只是一个名义，实在并没有这一套，单叫四五个人走到阔人家厅堂上，乱七八糟的吹打一会儿就算了。

赔罪也不一定本人自去，如本文中所说的赤膊磕头，大概由地保经手办理，本人对于地保的报酬当然是不可少的，本文说照例二百文，在夜间加倍，可能是在讽刺中国医生，未必是事实。本文说请道士被除缢鬼，费用也不大，因为那只是一个人用天竹叶蘸水乱洒，念一通什么咒而已。总结起来，那一场讨饶的花费只在一千文以内。赵府上特别苛刻，需要一斤重的红烛，香一封（这本来也是没有的），但蜡烛价格也不过每斤二百文以内吧，所以一总花的也不会很多。这里都是讽刺，所以有些是与实际不能都相合的。

五六　关于舂米

阿 Q 在赵府上出事情由于舂米，现在我们关于舂米来稍加说明，因为这在现今怕有些读者会得不大明白的。在乡下地主不必说，小资产阶级也大抵有些田地，每年收来的田谷至少总够吃一年而有馀，平常把谷晒干了，收藏在仓间里，随时拿出一部分，去壳舂成白米。街上米店也很不少，把舂白了的米陈列在店堂内，但他们的主顾只是一般小工商人家，照例米店官量米要高声叫喊，以表示升斗的正确，但是听他喊道："一呀一呀，二呀二呀……"往往戛然而止，因为买的只是当日的口粮，也就是一二升罢了，很少有以斗计的，若是论石那简直是没有了。为什么呢？因为买得起石米的人大概在家里做米，不到店里来买了。

这种做米方法有两样，家中雇有长年或忙月的叫工人自舂，供给食宿，按月日给工钱，没有雇工的叫短工来做，如阿Q那样就是。短工按日计酬，譬如长年每月千钱，短工每日百文，比较加了二倍，但是不给饭吃。若是舂米则以臼计，即一臼米舂白工资若干，一日可舂两臼，大约合糙米八斗吧？本文中说阿Q在赵家舂米，吃过晚饭，破例准许点上油灯，继续舂米，这里写出赵太爷的苛刻，但那只适用于对待长期的雇工，短工没有饭吃，一臼米舂完就可以走，要剥削他除了米量加多，没有别的办法，要他多舂也不好，因为米太白了也是损失的事。

五七　龙虎斗

《正传》第五章是《生计问题》，这里分前后两节，前节是阿 Q 与小 D 的龙虎斗，后节是静修庵求食。小 D 乃是小同的略写，在著者心里大概是有着一个桐生，但是除了“一个穷小子，又瘦又乏”之外，并没有什么别的关系，因为他虽然被文童敲过大竹杠，到门外大路上和别人扭打的事却是没有的。龙虎斗的情形，如本文中所说，甲扑过去，伸手去拔乙的辫子，乙一手护住了自己的辫根，一手也来拔甲的辫子，甲便也将空着的一只手护住了自己的辫根。这是最乏的小破脚骨（流氓）们普通打架的办法，他们用一手去攻，一手去守，结果是“四只手拔着两颗头，都弯了腰”，纠结在一处，打也无从打起，不久他们的头发里便都冒烟，额上便都流汗了。在头顶上长着一根辫发的时候，打架时第一容易被人拔住的便是这件物事，这如不说明，剪发的人没有这经验是不会了解的。假如一个人特别强，抓住了敌人的辫子，不让他还手，便拉去墙上碰头，那就占了胜利，前文说过的阿Q的失败大抵都是这么着了道儿的。旁观的人叫好，这一件事也有所本，却是出在杭州。那里有乡下人劝止吵架，土话应说“好哉好哉”，官话应说“好啦好啦”，他却莫知适从，只大声道：“好，好！”听去好像是在叫好，在鼓励他们吵下去哩。至于实际上叫好，那些幸灾乐祸的人也并不是没有，但那又是另一回事了。

五八　静修庵求食

阿Q失了业，因为小D抢了他的饭碗，乃同他打了一架，其次便是求食问题，这目的地即是静修庵。村外固然多是水田，但沿河种着乌桕树的一带地方，也都是旱地，种着菜蔬瓜豆，阿Q却是正眼也不看，终于走到静修庵来了。这是什么缘故呢？静修庵在前面已经说过，阿Q遇着庵里的小尼姑，很作弄了一番，得了空前的胜利，根据他虐无告的经验，尼姑要比老百姓以至闲人好欺侮得多，他的直觉的到庵里来正不是偶然的。

这庵原在南门外，相当的大，四围都是高墙，论理在饿乏了的阿Q是没法爬进去的，小说不得不给他方便，把那围墙改写得像百草园的泥墙一样。本文中说庵的粉墙突出在新绿里，后面的低土墙里是菜园，阿Q爬上了这矮墙，扯着何首乌藤，但泥土仍然簌簌的掉，终于攀着桑树枝，才跳到里面。著者在《朝华夕拾》里讲百草园的泥墙根，那里有何首乌藤，于是常常去拔它起来，牵连不断的拔起来，曾因此弄坏了泥墙，却从来没有见过有一块根像人样。我们比较来看，那两者的关系是很显明的。事实上菜园在乡间只有两样，其一是老百姓的种在田地上，全无遮拦，其二是人家的，不用围墙也是竹篱笆，很不容易侵入。庵堂在乡村里，后园只用低矮的泥墙，那是很不谨慎的事，但是这里只能如此说，因为阿 Q 如爬不上来，这故事也就没有得可说了。

五九　园里的东西

阿Q跳到园里面，只见靠西墙是竹丛，下面许多笋，还有油菜早经结子，芥菜已将开花，小白菜也很老了。这些都是不能吃的，但他慢慢走近园门去，却看见有一畦老萝卜，非常惊喜，蹲下便拔，虽然被老尼姑看见，又几乎为黑狗所咬，却终于偷到三四个萝卜逃了回来。我们依据本文，把园里的那些东西记了下来，现在要来简略的加以考证。阿Q遇着小尼姑的时候据本文说是春天，大概不久就发生了“恋爱的悲剧”，这之后阿Q就失了业，有许多日没有人来叫他做短工，虽然他自己记不清有多少日，但推测起来不会得太久，因为挨饿总不能过七天的吧。他决计出门去求食的那天据说很温和，颇有些夏意，那么这当是春夏之交，假定是阴历四月，依照今年气节，当在立夏与小满之间。上文说舂米的第二天，去赔罪的时候是赤膊磕头，或者展迟半个月也未始不可。《清嘉录》

卷四云："小满动三车，谓丝车，油车，田车也。"缫丝不干我们的事，油菜结实，取其子至车坊磨油，与本文所说油菜正合。田车即是水车，时值插秧，雨水盈绌都须用水车调节，本文说村外水田满眼是新秧的嫩绿，说的正好，唯说中间有些黑点是耕田的农夫，在插秧之后有两三番的耘田，这耕字可能是误写的。乡下种芥菜大概是预备做腌菜干菜用，新鲜的煮吃也很不多，普通在春天三月中都割来腌了，不会让他长着开花，因为这结了子只能做芥末，用处不大，是卖不出什么钱来的。末了的小白菜也有点问题，平常人家的菜园注重实用，决不轻易耗费物资，若是尼庵尤其如此，一般说孤老脾气，特别节俭以至悭吝，僧(酒肉和尚自然除外）尼也正属这一类，所以庵里种有小白菜却是老掉了，那大抵是不大会有的事，至于这季节对不对，那我还不知道。不过更大的问题乃是在萝卜上边，在阴历四五月中乡下照例是没有萝卜的，虽然园艺发达的地方春夏也有各色的萝卜，但那时候在乡间只有冬天那一种，到了次年长叶抽薹，三月间开花，只好收萝卜子留种，根块由空心而变成没有了。所以如照事实来讲，阿Q在静修庵不可能偷到萝卜，但是那么也就将使阿Q下不来台，这里来小说化一下，变出几个老萝卜来，正是不得已的。这里写园里的事物不尽写实，但在记老尼姑与阿Q的问答，只是寥寥几句话，却是很活现。

“阿弥陀佛，阿Q，你怎么跳进园里来偷萝卜！”

“我什么时候跳进你的园里来偷萝卜？”

“现在……这不是？”

“这是你的？你能叫得它答应你么？”

六〇 中兴与末路

第六章《从中兴到末路》，在题目上似乎是前后有两段，其实却只是一件事情。阿Q偷了几个老萝卜吃不饱肚子，便决心进城去，大概过了三四个月，过了中秋才又回到未庄，忽然很是有名了。第一是他有了钱，腰间挂着一个大搭连，沉钿钿的将裤带坠成了很弯的弧线，里边都是铜元和银角子，其次是他有东西出卖：蓝绸裙和大红洋纱衫之类。头一件的事使得酒店里的人都对他点头说话，表示新的敬畏，第二件更引动了赵太爷夫妇的注意，特地叫他去，要定购一件皮背心。这便是阿Q的中兴史。

阿Q自述在城内是给举人老爷家里帮忙，知道城里人叉"麻酱"，又看过杀革命党，这些都使得听的人惭愧怕惧，但重要的还是他显然在外面发了财，赵太爷也批评说是"那很好的"，这即是说他会偷到了东西。阿Q做贼有了钱，酒店的人都对他刮目相待，赵太爷因为想买他的便宜货，所以也不再疏远他了，至于会不会来偷他的呢，根据“老鹰不吃窝下食”的原则，那倒是可以不必担心的。但是不久阿Q的底细都明白了，他的名誉信用完全扫地，因为他不过是一个小脚色，不能上墙也不能进洞，只站在外面接东西，有一夜刚接到一个包，听得里边大嚷起来，他便逃走回村，从此不敢再做了。原来是这么一个不中用的乏人，不敢再偷的偷儿么，大家就看他不起，他的中兴也便转入了末路了。

六一　捐客

《正传》借用了阿桂的名字，到这里才有一点本人的实事出来，因为他确实是做过小偷的。阿桂虽说是打短工为生，实在还是游手好闲，便用种种方法弄点钱用，其一是做捐客。在民初的一个夏天，看见他在门口走过，两手捧着一只母鸡，大声叫道，谁要买？有人问他，阿桂你这鸡哪里抓来的？他微笑不答。恐怕这鸡倒不一定是偷来的，有些破落的大户人家临时要用钱，随手拿起东西托人去卖，得了几角小洋，便从中拿一角给做酬劳，这是常有的事。还有一回我看见他拿了一个铜火锅叫卖，火锅在乡下叫做暖锅，从前大都是用锡做的，宽大厚实，后来有紫铜所做的一种（本来锡火锅中心放炭火的地方也是用紫铜的），比较轻便，可是价钱也要便宜得多了。此外当然还卖别的各色东西，虽然我未曾亲见，但是听人说这什么是问阿桂买来的，也是常有的事。

本文中说阿Q卖出绸裙和洋纱衫，这些都是可能的，只是蓝裙很少见，大红洋纱衫更没有人穿，也不值钱，这里那么说大概是出于故意的。搭连是旧式的钱袋，大形的名被囊，长方袋四周密缝，只在一面正中开口，被褥平褶放下，便于装置马上，当时古代北方旅行之具，中形的名钱搭，长二尺许，正与一贯钱的长度相当，虽然也可安放米谷什物，小形的即搭连，长不及一尺，挂腰带或裤带上，但一般老百姓只用一种带有钱兜的阔的马带，搭连可能还是城里人的物品吧。

六二　小偷

阿桂做掮客的时候，和我也有过几回交易，所以我是可以算是和他有点相识的。他听说我要买有字的砖头，找了几块来卖，前后计有四次，其中有很名贵的一块，乃是永和十年的砖，即是兰亭修禊的次年，三面有字，共十九字，顶有双鱼，两面各平列八鱼形，所以六面都是文字图象。后来这砖送给了俞阶青，他有拓本题记云：

> 永和专见著录者二十有四，十年甲寅作者，有汝氏及泉文专，而长一尺一寸，且遍刻鱼文者，惟此一专，弥可珍矣。

推究起来这要算是阿桂的功绩，不可不予以表扬，就是可惜大概因为没有多大油水的缘故，后来不再拿来了。

他在掮客之外，其次是兼做小偷。阿桂有一个胞兄，名叫阿有，住在我们一族的大门内西边的大书房里，专门给人舂米，勤苦度日，人很诚实，大家多喜欢用他，主妇们也不叫他阿有，却呼为有老官，以表示客气之意。阿桂穷极无聊，常去找他老兄借钱，有一回老兄不肯再给，他央求着说，这几天实在运气不好，偷不着东西，务必请给一点，得手时即可奉还。他哥哥喝道，这叫作什么话，你如不快走，我就要大声告诉人家了。他这才急忙逃去，这件事却传扬出来，地方上都知道他是做这一行勾当的了。话虽如此，他似乎不曾被破获过，吊了来打，或是送官，戴大枷，可见他的贼运一定很好，但也可能他的自白不很可靠，他原本是乏人，干不来这种事情，只是对他老兄胡扯也未可知，但究竟事实如何，那自然是无可查考了。

六三　阿Q的革命

《正传》第七章以下三章所说是一个段落，虽然这以赵太爷家被抢为中心，也可以分作两段。第一段是七章的《革命》与八章的《不准革命》。这有点与上文的中兴和末路相像，是他最后一次的大胜利与大失败。这里说的是辛亥革命那年的事情，在七章开首便标明宣统三年九月十四日，举人老爷送箱子来赵家寄存，把革命消息带给了未庄，使得阿Q兴奋起来，在街上发出造反的口号，吓得全村的人十分惊惶。他的警句是："我要什么就要什么，我欢喜谁就是谁。"买了他搭连的赵白眼想探他的口气，问道："阿Q哥，像我们这样穷朋友是不要紧的吧？"阿Q回答道："穷朋友？你总比我有钱。"这一个场面乃是实有的，确实是阿桂自己的事。那时杭州已经反正，县城的文武官员都已逃走了，城防空虚，人心皇皇，阿桂在街上掉臂走着嚷道：我们的时候来了，到了明天，我们钱也有了，老婆也有了。有破落的大家子弟（著者的族叔子衡）对他说，像我们这样人家可以不要怕。阿桂对答得好，你们总比我有。有即是说有油水，不一定严格的说钱。在那一天的夜里，嵊县的王金发由省城率队到来，自己立起了军政分府，阿Q一觉醒来，已经失掉了他的机会，他的成功便只是上边所说的那一个时期，这之后他想革命只有静修庵一路，但是那里也已经秀才与洋鬼子去革过了，这岂不是显明的到了末路了么？

六四　逃难

鲁迅在乡下（实际是个县城，以前还是旧府城），亲自遇见辛亥革命，本来很有些材料可写，但《正传》里的未庄只是一个乡村，所以只能说的很简略了。当时的文武地方官，知县与把总都已溜走了，人心恐慌，都想逃难，只有少数学堂里的师生虽然不是革命党，却欢迎革命，苦心维持秩序，鲁迅便在中学堂动员若干积极的学生，穿上操衣，扛了兵操的空枪，到街道上去巡行，得到不小的效果。这行动是有点危险性的，假如真是发生什么事情，这空枪是毫无用处，可是当时也就对付过去了。鲁迅在那一年所写的文言小说《怀旧》中留下有好些描写，如富翁金耀宗说来的是长毛，塾师秃先生则以为是山贼或赤巾党，这与阿 Q 的想像，来了一阵白盔白甲的革命党（穿着崇祯皇帝的素），都拿着板刀、钢鞭、炸弹、洋炮、三尖两刃刀、钩镰枪，是没有多少距离的。《怀旧》中又云：

> 予窥道上，人多于蚁阵，而人人悉函惧意，惘然而行，手多有挟持，或徒其手。中多何墟人，来奔芜市，而芜市居民则争走何墟。至金氏问讯，云仆犹未归，独见众如夫人方检脂粉、芗泽、纨扇、罗衣之属，纳行箧中，此富家姨太太似视逃难亦如春游，不可废口红眉黛者。

这一节话亦有所本，是很好的资料，但在《正传》中用不着，所以不曾说及，但比较来看也是很有意思的事，如要补叙举人老爷家收拾箱子来寄存，那么情形多少就是如此吧。

六五　不准革命

阿Q在静修庵革命失败（阿桂本人说过那两节话之后，别无什么举动，所以《正传》里的事就都与他无关了），原因是赵秀才与钱假洋鬼子先下了手，这里显示出来他们三人原是一伙儿，不过计划与手段有迟早巧拙之分罢了。《正传》里写士大夫阶级虽不多费笔墨，却可以看出这对于革命有保守与进取两派，也可以说甲是世故派，乙是投机派。举人老爷与钱太爷不曾露面，赵太爷的态度可以对阿Q的话为证，他反对秀才驱逐阿Q的主张，以为怕要结怨，这与《怀旧》里的秃先生正是一样，即是

> 此种乱人运必弗长，试搜尽《纲鉴易知录》岂见有成者……特亦间不无成功者，饭之亦可也。

鲁迅的本家孝廉公任学堂监督（后来称舍监），警告学生"从龙"很有危险，说法不同，却是从同一意见

发出来的。金耀宗听说“长毛”到来，准备在张睢阳庙备饭，希望出示安民，这是旧的投机派，新的便要更有计划了，第一步是静修庵，第二步则是“柿油党”，有了这银桃子的党章挂在胸前，在乡间就成了土皇帝，什么人都看不在眼里，何况是阿Q呢。阿Q想要投效，前去拜访假洋鬼子，遇着正讲催促“洪哥”（黎元洪）动手的故事，看见阿Q便吆喝滚出去，阿Q从哭丧棒底下逃了出来，不曾被打，但假洋鬼子既然不许可他革命，他的前途便完全没有，他的行状也自然近了结末了。

六六　新贵

第八章开头便说：

> 未庄的人心日见其安静了，据传来的消息，知道革命党虽然进了城，倒还没有什么大异样。

这里简单的一句话里便包括了辛亥革命后社会上“换汤不换药”的混沌情形，虽然王金发做了军政分府都督，总揽民政军事之权，本文中说知县和把总还是原官，并不是事实，但是举人老爷也做了什么官的话却是真的，因为当时投机派摇身一变做了新贵的的确不少。有些与革命运动有关的人，如陶焕卿是安放不下，不久在上海为蒋介石所亲手暗杀，鲁迅与范爱农总算请到师范学堂去坐了两个月，也各散去了，一群旧人都拥挤上了台，与清朝不同的便只是少了一根辫子。范爱农在壬子三月二十七日给鲁迅的信里有云：

> 罗扬伯居然做第一科课长，足见实至名归，学养优美。朱幼溪亦得列入学务科员，何莫非志

趣过人，后来居上，羡煞羡煞。

同年七月，爱农溺死，鲁迅作《哀范君》诗三章，其一之次联云：“华颠萎寥落，白眼看鸡虫。”这里的鸡虫是双关的，一面说鸡虫之争，一面也是指人，因为有人用这个别号，本名乃是何几仲。鲁迅附信中云：

昨忽成诗三章，随手写之，而忽将鸡虫做入，真是奇绝妙绝。

这几个人都是爱农所看不起，而忽然爬了上去，又很排挤他的，其中何几仲又是自由党的主持人，银桃子的徽章一时曾经很出风头，但是一会儿也都不见，如不是本文中提起，我也有点记不起来了。

六七　黄伞格

第八章里说赵秀才写了一封“黄伞格”的信，托假洋鬼子带上城，送给那举人老爷。有些人不知道这信是怎么写的，曾经问过我，我虽然看见过这样的信，但是手头没有样本一时有点说不大清楚。这是一种专门拍马屁的书启，在八行书上每行上边都抬头，下边空着不到底，第四五行写受信人的大号，特别抬高一格，望过去像是一顶黄伞，这黄伞是大官出来时所用的。所以兼有颂祷升官的意思。这种黄伞在辛亥革命后是不见了，乃是用竹作伞骨，撑开后临时将伞顶套上去，周围垂下一圈，有二尺多长，在古时候，大概是同掌扇一样是遮太阳用的。黄伞格的信在尺牍书上当然可以找到好例子，记得有一部名叫《胭脂牡丹尺牍》的，是秋水轩的前辈韩鄂不所编，似最适宜，可惜现在手边没有这书，只好找别的材料。有范啸风的一册《代作书启稿》，中间一篇贺楚军统领江味斋中秋节的信，将前八行抄在下面，款式一切照旧，刚写满一张信纸，下文从略。其文曰：

敬禀者，窃某某前贺
捷禧、沥驰忱于手版；旋蒙
复示，感
优宠而心铭。际兹蟾窟扬辉，倍切蠡湖溯水。恭维
大人望崇骠骑，
令肃貔貅。
饮马东流，
长驱而气吞江月。

（下联是“卧彪南纪，广驾而疾扫秋风”，也作两行写在第二张上。）

据庸俗的说法，上头抬写合格，还只是略式，道地的格式是下边要有一行特别长，约略在中央，仿佛

是伞柄，黄伞格这才名副其实，上文可以说是合于这个标准的了。这种信的时代是过去了，《正传》中提了一下，须得费几百字的说明，但是它的势力不能说全已消灭，现代白话里仍有恭维这一句话，这就出现在“黄伞柄”上，是俗语的来源，这件小事说起来也是很有意思的。

六八　剪辫与盘辫

《正传》里所写的人物，除了静修庵的尼姑，管土谷祠的老头子，三两个没有什么表现的之外，大都是鲁迅所谓呆而且坏的人，但其中又有个区别，大多数都是旧式的，新式的坏人只有一个，这即是钱假洋鬼子，却是特别的讨人厌。著者大概在这里要罄吐一下对于这一种人的反感，虽然也未能详说，但主意总是表白出来了。照道理讲，这应该是速成学生，头上顶着“富士山”的，不会得去混过几个月，却把辫子剪了，以致做不成大官，如他的母亲所说。不过若是“富士山”，那么回乡之后，便又可将辫子拖了下来，不可能成为假洋鬼子，这一面可以免于阿 Q 等人的笑骂，但是一面也就没有权威，后来不容易有挂银桃子的机会了。著者说他当初剪了辫，后来留起的一尺多长的头发披在背上，像是一个刘海仙，这是一种补充的说法，也仿佛可以看出他当初辫子并不是那么爽快的剪掉的。

辛亥革命很不彻底，有人说只是去掉了一条辫子，但在未庄却觉得这正是可怕的事，官场没有什么异样是很好的，可怕的是有些不好的革命党捣乱，动手剪辫，航船七斤进城去，便着了道儿，弄得不像人样子了。这是第八章里的话，第九章又说到赵秀才上城去报官，辫子被剪，这就成为他家渐渐发生了遗老的气味的根源。阿 Q 与王胡、小同一样，都只肯用竹筷把辫子盘起，他也就是那样的被抓到城里去了。

六九　民团捕盗

赵家遭抢之后，阿Q被抓到城里去，经过一两次审问，便抓出去枪毙了，这就是第九章的《大团圆》，《正传》即此完结了。这里抓进城去是第一段，本文说是在出事的四天之后，黑夜里把总带领了一队兵，一队团丁，一队警察，五个侦探，围住土谷祠，对着庙门架了机关枪，又悬了二十千的赏，由两个团丁翻墙进去，里应外合的这才把阿Q擒住。这一节的描写显然是夸张的，因为要写得很滑稽，所以与事实有好些是不相合的。

把总假如做了城里的军事首长，他不可能率队下乡，至于事实则是王金发自任军政分府都督，都时民团新办，总局设在豫仓，由徐叔荪担任局长。团丁照例都是无业游民，好一点的坐在分段的局里，大抵是个小庙，夜里吹着号角巡行一周，不好的就难免要鱼肉乡民了。局长是徐伯荪的三弟，因了这资格得到那地位，可是名声不大好，很有点官僚土豪气，大家叫他三大人，有一回枪毙一个强盗，已经中枪死了，局长骑着大马在监视，还上去在他身上打一手枪，这一件事便得了很坏的批评。但是从这里推想起来，捉办强盗当是民团的职务，兵和警察都是无关的，城里虽然办有警察，但只是城中心一圈，别处也还没有，即如城东南区只是大坊口有派出所，往南经马梧桥（有民团）塔子桥以至东昌坊口，便没有巡警，他的职务仍旧由地保代行，直到民国六七年也还是如此。

七〇　审问

阿 Q 的审问是第二段，第三段则是游街示众。审问的情形全是想像的，但是有一点也有事实的依据。光复后表示民主平等，问案时被告直立回答，无须跪下，但实际官绅的威势还是很大，老百姓一被抓进衙门，便吓得不得了，想站也站不住，两只膝头兀自发抖，问官叫他扶住桌子，连那公案桌也自摇动得快要推倒，结果让他蹲了下去，著者写阿 Q 的跪下，便是利用这资料，也并不是由于阿 Q 的非跪不可。

那个满头剃得精光像是和尚的老头子，本文中大抵是说那留用的知县大老爷，但事实上当是军政分府里管民政的首长，大概叫作民政长吧。据把总在和举人老爷抬杠的时候说，做革命党不到二十天，可以知道是在光复不久的时候。军民分治，设立知事，一直还在以后。初任知事是俞景朗，这之前的民政长大概也就是他，不过这位俞君鲁迅不曾见过，所描写的不会得是他，而且说老头子也不对，因为那时总还不到中年吧。

阿Q在口供上画押，画圆圈不圆，惭愧得要命，虽是滑稽的穿插，却也很与事实相合，因为这的确不是容易事。他生长在专制统治下，什么都不大着急，以为人生天地之间，大约本来有时要抓进抓出，要在纸上画圆圈的，甚至本来有时也未免要杀头，要游街示众的，唯有画圈而不圆，乃是大可懊恼的事，这里“反语”真是深刻得抠进肉里去了。

七一　游街示众

鲁迅的文章上看不到有反对死刑的话，但是他猛烈的反对游街示众，那是很明显的。《呐喊》的《自序》中云：

> 有一回，我竟在画片上忽然会见我久违的许多中国人了，一个绑在中间，许多站在左右，一样是强壮的体格，而显出麻木的神情。据解说则绑着的是（在日俄战争中）替俄国做了军事上的侦探，正要被日军砍下头颅来示众，而围着的便是来赏鉴这示众的盛举的人们。

本文中叙述阿Q临时无师自通的说了一句应景的豪杰话，观众便叫声好，发出豺狼的嗥叫一般的声音来。阿Q再看喝彩的人们，发见了从来没有见过的可怕的眼睛，比四年前在山脚下遇着的想要吃他的肉，永是不远不近的跟定他的一只饿狼的眼睛更为可怕，这些眼睛“又钝又锋利，不但已经咀嚼了他的话，并且还要咀嚼他皮肉以外的东西，永是不远不近的跟他走。这些眼睛们似乎连成一气，已经在那里咬他的灵魂”。我们怕阿Q未必感觉到这样，但著者没有别的方法表示，这里只得再用《狂人日记》的手法来写，使得阿Q想要叫“救命”，虽然没有说出来。结末更说观众的舆论不佳，因为枪毙不怎么好看，而且阿Q游了那么久的街，竟没有唱一句戏，他们白跟一趟了。这是十分气愤的也是悲哀的话，“做毫无意义的示众的材料和看客”，在他看来正是一样的可悲的事情。

七二 刑场

《正传》里没有说明未庄是什么地方，但第八章说起邻村航船七斤，那么这如不是鲁镇，也总是同一区域，那城里原只是一个，自然也没有问题的了。清末废府并县，绍兴县署便设在旧会稽县衙门内，阿Q被抓进抓出的应该就是此地，地名似乎便叫作会稽县前，因为西首通往大街的桥名叫县西桥，东首的街叫县东门的。前清时刑场原有两处，斩在轩亭口，过县西桥往南只一箭之路；绞在小教场，过县西桥往北，至望江楼西折便是。从前有过一个奸拐杀人的案件，凶手阿化定了死罪，当时自然没有什么宣判，到执行的时候阿化倒也泰然，以为反正是绞吧，及至过桥走的不是往小教场的路，却一直往南走，心知不好，叫道，到那地方去么！便赖地不肯走，结果，由那些短衫和长衫的人物带拖带抬的把他弄到那里去办掉了。阿Q胡里胡涂的弄不清路径是无怪的，但事实上辛亥以后改用枪毙，地点改在大教场，靠近偏门城墙的一角，从县署出来是该走过轩亭口，由府横街转入府直街，一直往南到五马坊口，这一条路的确也不很近。可是那时在乡下并没有游街的盛典，实际上也缺少游具，省城里秋审时用囚笼抬着走，平时也不见使用，《正传》本不固定什么地方，大抵便牵就北方的情形来说，如阿 Q 坐的没有篷的车，即是显然的例，又如本文中说阿 Q 看到店内的馒头，问管祠的老头子要饼来吃，也是同一的例子。

七三　方玄绰

《端午节》这篇小说是一九二二年六月所作，已在《正传》完成之半年后了。这是小说，却颇多有自叙的成分，即是情节可能都是小说化，但有许多意思是他自己的。我们先看主人公的姓名，名字没有什么意义，姓则大概有所根据的。民六以后，刘半农因响应文学革命，被招到北京大学来教书，那时他所往来的大抵就是与《新青年》有关系的这些人，他也常到绍兴县馆里来。他住在东城，自然和沈尹默、钱玄同、马幼渔诸人见面的机会很多，便时常对他们说起什么时候来会馆看见豫才，或是听见他说什么话。他们就挖苦他说是像《儒林外史》里那成老爹，老是说那一天到方家去会到方老五，后来因此一转便把方老五当作鲁迅的别名，一个时期里在那几位口头笔下（信札），这个名称是用得颇多的。三十多年的光阴过去了，记忆也渐就湮灭，只在这里留下一点痕迹，但如不说明，这也就无从考究它的缘起了。

有些笔名以及小说中的人地名，在著者当时自有用意，即使是没有意义其实也是用意之一，但如没有可信的典据，由后人来索隐，那就容易歪曲，更不必说故意乱说的了。本文中说金永生的势利吝啬，可能实有其人，只是我们无从去揣测，而且这本来不关紧要，著者并不要特别去暴露这个人的丑恶，我们如去过于穿凿，反不免是多事了。

七四　官兼教员

方玄绰是做教员兼做官的，这一点也是著者的自叙，因为在那时候这样的人的确很不多，虽然在法科方面是多得很，但那又是别一类，他们在学校和在衙门里一样，所以说起来仍是做官，严格的说是兼官罢了。本文里说方玄绰在首善学校教书，那当然即是北京大学，所讲的是中国小说史，里边说到“古今人不相远”，正是很自然的事，小说中云：“散坐在讲堂里的二十多个听讲者，有的怅然了，”“有的勃然了，”“有几个却对他微笑了。”事实上他的讲堂是很拥挤的，并不单因为他的文名，或是他的口才，实在他的官话在北方人听去是颇不好懂的，原因是他的讲义编得好，尤其是解说得有趣味，根据了他的历史和社会上的见闻，举例发挥起来，实在足使听众怅然以至莞然，虽然其原因并不一定如本文中所说。

这小说是讲北洋政府时北京学校机关欠薪的事

情，那时学校先欠，职教员发生索薪，兼职的讲师每星期两小时只有薪水四十元，除北大以外又多只以十个月计算，因此多数讲师不热心参加，以官兼讲师的自然也就属于这一类里了。后来政府机关也欠了薪，他们也弄不下去了，可是又不能像教员们的闹索薪，情形很是困难，一时有“灾官”之称，这事大概拖到张作霖做大元帅，前账一笔勾销，这才算是完结，至于一个人积欠的官俸薪金共有若干，那就无可计算了。

七五　欠薪

北京学校的欠薪不知道从哪一年起的，我于民国六年（一九一七）到北京便已如此，日记上记四月十六日到校，六月五日收到四月下半月薪，中九交一，以后便是迟两个月，到了一九二〇年，十一月十七日收到七月份薪，已是四个月了。一九二六年已是北洋政府末期，日记上一月廿六日收一个月份，下注年月不明，至六月十五日收三月的半月份，才注明是十四年份，中间分三次收一个月二成二，至十一月十二日收四五月份合计一个月份另五厘，即是五月份已收了七成七，那么已积欠到一年有半了。

这笔账说来很烦琐，而且细账也实在难说得清楚，这里只举示一个大概情形，此外应当略为解释的便是那“中九交一”的这句话。袁世凯妄想做皇帝，筹备洪宪大典，结果帝制虽是打倒，浪费的钱无法补偿，只好将北京的中国、交通两银行的钞票停止兑现，在官方还是当现金一样通用，官俸薪水便都用的是这两样票子，虽然有“北京”字样以外的中、交票都是兑现的，但官与教员是得不到手罢了。本文中方玄绰回想以前，每逢节根或年关的前一天，一定须在夜里的十二点钟才回家，从怀中掏出一叠簇新的中、交票来，这说的正是事实，其特别点出中、交票也是有意义的。中、交票都不兑现，使用时大抵只能当六折多，但中国与交通的行市也不一样，多少有几分钱的上落，那时常说“中九交一”或“中六交四”，便是为此，即此也可以看出交通的价格是较好了。

七六　索薪

索薪的历史也有点说不清了，但这发端于北京的专门以上各校的职教员，是没有问题的。那时在北京有北京大学、高师、女高师（改称师大，女师大，以至合并，都是后来的事）、工、农、医、法政、艺术各专校，平时素无联络，为了索薪这才组织了“八校教联会”，以外还有清华和俄文、法政，因为是外交部给钱，不归教育部管辖，所以不加在里边。会里举出代表，专问政府索薪，最初是找教育部，推说没钱，去找财政部，自然更多推托，更进一步便只得去问内阁总理和大总统了。本文中说：“凄风冷雨这一天，教员们因为向政府去索欠薪，在新华门前烂泥里被国军打得头破血出。”这是一个有名的事件，出在民国十年六月三日，地点是大总统府的中南海前门，只可惜那东西马路上的铁门现在没有了。代表受伤的有马夷初和沈士远，钱玄同曾到首善病院去慰问，看见他们头包白布躺在那里，所以是的确的，别的人大概也有，但已记不得了，其未受伤的代表中只知道有一位黄君，喜说大话，同人们便称他诨名为“中交票”。其时大总统是徐世昌，他于次日下命令切责教员，说他们在新华门外是自己碰伤的，虽然后来到底在形式上由警察道歉了事，但那番说话是尽够可恶的了。我正在西山养病，写了一篇小文题云《碰伤》，在六月十日的《晨报》上发表，说起来已经是三十年以前的事情了。

七七　年月考证

《端午节》的著作年月注明白是一九二二年六月。查那年的旧日记，一月十二日收到十一月份，因为廿七日是阴历除夕，所以在三十一日发了十二月份的七成，二月十七日又补足了那三成，至四月四日才收到一月份薪，五月不发，这里在四个月中间又多欠了一个月份了。五月三十一日是阴历端午，在六月三日收到了二月份薪，照这一节看来，本文里说节前领到支票，要等银行休息三天之后，在初八上午才能领到钱的话，与事实是相合的，因为那年六月三日正是阴历的初八。政府说要教员上了课才给钱，学生总会上呈文给政府，说教员不上课不要付欠薪，在当初大概都实有其事，至于说“教员一手挟书包一手要钱不清高”的一个大教育家，那大抵是汪懋祖吧，他后来在女师大事件的时候也是站在政府一边，与东吉祥派的“正人君子”是一鼻孔出气的。

后文说到赞成教员和同僚的索薪，却不去参加，因为怕去见那手握经济之权的人物，他们总是一副阎王脸，将别人都当奴才看，虽然“待到失了权势之后，捧着一本《大乘起信论》讲佛学的时候，固然也很是‘蔼然可亲’的了”。这里所说也实有其人，即是陈公侠的老兄陈公猛，他清末在财政界很得意一个时候，不知为了什么逃到东京，鲁迅看见他穿着和服白袜，手捏一册《菜根谭》，很有出世的姿态，但不久事解，他自然随即回到北京的政界里来了。

此外还有些零碎事情，如末后说到上海书铺子的卖稿，他们买稿要一个一个的算字，空格不算数，这原是实在情形。他有过一回经验，收到退回的译稿，看见末页记着若干万千百十几字，计算的人还有署名，固然这还是清末的事，现在可能也还有吧。其次是报馆寄稿，在很大的报馆里靠着一个学生做编辑的大情面，一千字也就是这几个钱，这所说的自然也就是那时的北京《晨报》。一千字几个钱没有明说，但是多少年来译文时价只有二元一千字，报馆平常给五角钱已不算少，但在写《阿Q正传》时大概所给有一元吧，但这别无什么依据，只是推测罢了。

七八　县考

《白光》是一篇真是讲狂人的小说，这与《狂人日记》不同，在它里边并没有反对礼教吃人的意义，只是实实在在的想写陈士成这个狂人的一件事情而已。这人本名周子京，是鲁迅的本家叔祖辈，房分不远，是鲁迅的曾祖苓年公的兄弟的儿子。苓年公大排行第九，他这兄弟行十二，所以后来称为十二老太爷，名字记不得了，原是个秀才，是曲池梁家梁状元的孙婿，太平天国时在富盛山中被杀，清朝追赠云骑尉世袭罔替。在新台门的大厅贴着一张报条，便是报周福畴的袭职的，可是旁边还有同样的一条，说依照他的请求，准其改为生员，一体乡试。这办法已经有点特别了，可是他乡试又不去，每年仍去应府县考，似乎想要凭了他自己的力量，再去考取一个秀才来。

他的文章却实在不好懂，不客气的说是不通，我曾于故纸堆中见到一篇窗稿，“一家让”的八股文起讲中有云："让而至于佳子弟，则家声之蛰蛰也，让而至于弈世载德，则家声之振振也。"又赋得"十月先开岭上梅"诗起句云，"梅开泥欲死"，意思很是神秘。小说本文便从这里说起，看县考的榜上没有他的名字，开始发动了神经病。

文中说"十二张的圆图"，这是根据那时科举的成规来的，发榜为得便于计算名次起见，每五十名写作一图，头一名的姓提高大书，以次自右至左写去，第五十名便和第一名并排在他的左边了，假如有十二图，那么第五百五十一名的姓名也是照样放大，这为看得清楚起见，倒是很好的办法。戊戌年鲁迅已往南京进学堂，十月中曾回家一趟，十一月初六日县考，本家叔辈拉他一同去，初八日四弟病殇，便不赴复试，十二日回校去了。廿九日出大案，日记上说共十一图，案首是马福田，即后来的马一浮，鲁迅列三图三四，族叔伯文四图十九，仲翔头图廿四。照例只要诗文敷衍成篇，即使不曾招复或不去，大案上总列有姓名，可以往赴府院试的，若是大案无名，那必须文理格外荒唐才能如此。据说有一年他赴考试，被试官特别批示不准再参加，不知道这是哪一年的事，他大概也并不管，还是每次必去观场的。

七九　掘藏

子京小名叫阿明，侄孙辈都称他作明爷爷，人很忠厚似的，可是这在乡下也就叫作“魇”了。他在同一院子里住，明堂对过偏西朝南有两扇蓝门，里边一间大房，楼上经乱窗户均毁，只剩底下可用，朝东有一个风窗，外边小天井里长着一棵橘子树，窗下放了书桌，鲁迅有一时期曾在那里读过书。十二老太太尚健在，一直在她的女儿家住，子京的妻早死，两个儿子大了，不知道为了什么逃亡在外，但逢母亲忌日，常来与祭，祭毕，父亲说吃了饭去，儿子说不吃了，客客气气作别而去。

小说里所说的大概是光绪辛卯（一八九一年）的事情吧，那时蓝门内住着的只有主人和一个倒醉的老仆妇，忽一日午后，她照例醉着进屋来，坐在马桶上东倒西歪的，忽说道，眼前一道白光。主人立即遣散学生，叫了石匠来挖起床前的石板，连夜亲自动手发掘，确信白光起处藏有银子，这个信念也有所本，戏文开场时必演一出“掘藏”，先放一阵焰头，随即用方天画戟来掘，掘出金银元宝来了。此外则新台门里有一种传说，说有一种窖藏，传有两句口诀云：“离井一纤，离檐一线。”本文中改为“左弯右弯”等三句，在本宅中的确有井两口，却也从来没有人认真研究过，虽然如谚语所云“少年去游荡，中年想掘藏，老来做和尚”，似乎掘藏之举在败落人家的子弟原是很常有的。但这在新台门里只有子京试过，试了不止一二次，可是终于没有成功。

八〇　发狂

子京的一生大事可以说只有教书、掘藏以及发狂。这三件事孰先孰后，有点说不清楚，大概是综错交互着发生，譬如教着书忽然发狂，两三天后好了又教起书来，随后并未发狂，却动手掘藏了，即如我们看见他掘的那一次，便是神识清楚的，与小说所讲的并不一样。那时的结果是，石板下掘到相当深度，约有二三尺吧，发见大石头，用手去摸时是整方的一角，疑心是石椁，心慌了赶快爬上来，不意闪坏了腰，有好几天躺着起不来。本文中的下巴骨，在他掘出来拿在手里时会得动，会笑和说话，即是小说化的手段，促成那阴惨的结局，本来是并没有的。

子京的死在光绪丙申（一八九六）年，虽然原因也是发狂，前后却是相距五年了。他的发狂有过多次，大抵是在半夜里首先自责，厉声说不肖子孙，随后自己打嘴巴，用前额在墙上碰，旁人无法劝阻，也不知道为的是什么事，只好任其自然，后来他也就好了起来。末了一次，在塔子桥的惜字禅院坐庙头馆的时候，又发了狂，最初照例掌颊碰头，再用剪刀戳伤气管及前胸，又把稻草洒洋油点火，自己伏在上面，口称好爽快，末后从桥上投入河内，大叫道“老牛落水了！”邻人当初见他气势凶猛，不敢近前，这时才从水里把他搭救上来，送回家里，一句都不说苦痛，过了两天才死。关于他的事情，有些记在《百草园》里，现在就不多说了。

八一 《兔和猫》

关于《兔和猫》这一篇，没有什么要说的。这里只有猫的事情，我想可以来说几句。在《补树书屋旧事》第七节里，我曾说过这一段话：

> 那么旧的屋里该有老鼠，却也并不见，倒是不知道谁家的猫常来屋上骚扰，往往叫人整半夜睡不着觉。查一九一八年旧日记，里边便有三四处，记着夜为猫所扰，不能安睡。不知道《鲁迅日记》上有无记载，事实上在那时候大抵是大怒而起，拿着一枝竹竿，我搬了茶几，到后檐下放好，他便上去，用竹竿痛打，把他们打散，但也不能长治久安，往往过一会儿又回来了。

本文末了说黑猫害了小兔，非把他除掉不可，说到他以前与猫为敌的事情：

> 我曾经害过猫，平时也常打猫，尤其是在他们配合的时候。但我之所以打的原因并非因为他

们配合，是因为他们嚷，嚷到使我睡不着，我以为配合是不必这样大嚷而特嚷的。

以上是具体的话，就是离开事实来说，猫这东西当作家畜，我也是一点都不喜欢。家畜中供使用的总比较聪明，有如马、牛和狗，与人相习，就懂得一点人的意思，唯独猫不是这样，它的野兽性质永远存在，对人常有搏噬的倾向，虽然一面特别又有媚态，更可厌恶。我只认它为捉老鼠用的小兽，在不得已的状况下，根据《墨子》“害之中取小”的规则，才留养着它的，至于兔和小鸟以及别的动物，我也都不主张畜养，因为是不必要的。

八二　爱罗先珂

《鸭的喜剧》是写俄国盲诗人爱罗先珂的。爱罗先珂名华西利，是乌克兰人，四岁时因出疹子失明，学过音乐，后来到缅甸、日本漫游，能说英语、日本语和世界语，曾用日文写过些童话小说，经鲁迅译为中文。大概在一九二一年的冬天，他被日本政府驱逐出国，来到上海，第二年春天应北京大学之招，担任教世界语，于二月二十四日到北京来。七月三日出发，经过苏联至芬兰首都，赴第十四次万国世界语大会，至十一月四日才又回来。本文作于一九二二年十月，正是他预定的期日已过，大家疑心他不再来了的时候，所以有点给他作纪念的意思的。但是在文章未曾印出之先，却又独自飘然的回京了。一九二三年一月二十九日，他利用寒假往上海杭州去旅行，至二月二十七日回北京，但到了四月十六日他由天津绕道大连到哈尔滨，一直回苏联，这以后就不再看见他了。

我们看这些年月，可以知道他是喜动不喜静的人，虽然是瞎了眼，又是言语不自由，可是总喜欢赶热闹，鲁迅曾称他是“好事之徒”，这名称是颇适合的。他大抵是无政府共产主义的人，但后来终于决心回苏联去，他的意见大概也已改变了。他于一九二二年四月二日在北大第二平民夜校游艺会，唱哥萨克起义的英雄拉纯的歌，五月一日在孔德学校唱《国际歌》，照例弹着他的六弦琴，一面忙着宣传世界语，本文所说养蝌蚪与小鸭的事情，正也是在这时候了。

八三　寂寞

爱罗先珂到北京不多久，便诉苦说："寂寞呀，寂寞呀，在沙漠上似的寂寞呀！"本文中接下去说道：

> 这应该是真实的，但在我却未曾感得，我住得久了，"入芝兰之室久而不闻其香"，只以为很是嚷嚷罢了，然而我之所谓嚷嚷，或者也就是他之所谓寂寞罢。

这解释的话一看似乎有点矛盾，但实在是说得很对的。因为爱罗先珂是个喜动的好事之徒，他爱好热闹，他爱说缅甸夜间的音乐，房里和草间树上的各色昆虫的吟叫，夹着嘶嘶的蛇鸣，成为奇妙的合奏，但是他尤其爱人间的诸种活动，自顿河起义，冬宫冲突，以至斗室秘议、深夜读禁书这些事情，他都是愿意闻知的。他来教世界语，用世界语讲演过几次俄国文学，想鼓舞青年们争自由的兴趣，可是不相干，这反响极其微弱，聚集拢来者只是几个从他学世界语的学生，他自己不懂中国语，不能与别的学生交谈，而一般秀才在做整理国故的工作，自然不屑来找这外国乞食似的人，而且他们也没会话的工具。尽管世间扰攘得很，但都是他所不要听的事情，那么这就转为一种寂寞了。

他一面诉苦，一面还想找寻慰安，便去参加集会，这却更增加了他的寂寞。一九二二年北大纪念日（十二月十七日）那天，北大实验剧社演戏。爱罗先珂在那里，觉得演员都是在“学优伶”（有人怀疑这是鲁迅告诉他的），他便写了一篇文章，不客气的加以指谪。不料这却激怒了该社的两员大将，魏建功与李开先，都写文章抗议，魏君的题目叫做《不敢盲从》，“盲”字上打了引号，文中遇着“观”“看”等字样也都有引号，意思仿佛是说你是瞎子，配么？鲁迅因为爱罗先珂原文是他所翻译，又看见魏君这篇大文轻佻刻薄，实在太不成话，便站出来说话，临末特地负责的声明：“我敢将唾沫吐在生长在旧的道德和新的不道德里，借了新艺术的名而发挥其本来的旧的不道德的少年的脸上！”我不知道鲁迅有没有把这事直截的告诉了爱罗先珂，但大概情形总该是知道的吧。寒假中他往上海访胡愈之，那边什么报上便说，他因为剧评事件，被北大学生所赶走了。这是一件小事情，但意义是颇大的。这在他不能不算是一个很大的寂寞吧。他本来喜动，又如鲁迅所说，渴念着他的母亲俄罗斯，到了春天便又走了。

本文写在盲从事件之前，但正好给他作纪念，这里边读者觉得费解的大概是那寂寞的一点，把过去的事略为说明，或者也是必要的。事隔三十年，要找《晨报副刊》也已很不容易，恰好在《鲁迅全集补遗》中间收有全部文献，得以利用，读这篇小说的人从那里去检阅一下也是很有益的。

八四　京戏

著者在《社戏》这一篇里写出他看戏的两种经验，前部四分之一是说看京戏的不愉快，后部四分之三是说看地方戏的愉快，看戏之外也还有摇船和吃豆。对于京剧的看法是仁者见仁智者见智，难得一致，但是我个人，在这里却是与著者的意见相同，至少是毫不感觉兴味的。人们对于事物决定好恶，大都以过去的经验为准则，著者所说的两件事，都有年代可考，其一是民国元年，其二是湖北水灾赈捐演戏，这年份我也记不清了，但其时谭叫天还未死，那么总当在民五以前了。其时的戏园很简陋，虽然叫天那回的第一舞台说是新式，但秩序紊乱，所谓冬冬喤喤的毛病还是存在的。我以前在北京住过将近一月，还在前清光绪乙巳（一九〇五年），在中和园、广德楼各处看过好几次，而且居然看见了叫天在台上走，比著者运气好得多了，可是那像棍子似的高凳当然也不好受，而且又看到一两次特别淫亵的表现，说出来就染了黄色，过去有一回我在文章上特别使用了两个世界语，这印象一直留着，使得对于旧戏抱有反感。这些情形，以至冬冬喤喤，现今已没有或改变了，但过去的影响还自有它的力量，何况在一九二二年，还在现今三十年前，著者表示这种意见是无怪的，也自有它的道理，因为即使现在来把京戏与地方戏加以比较，我相信可以有不少的人是会得看重地方戏的。

八五　地方戏

地方戏的范围很广，这里根据《社戏》里所讲的，只是说绍兴戏而已。绍兴戏的特色是说白全用本地口音，也不呀呀的把一个字的韵母拼命的拉长了老唱，所以一般妇老都能了解，其次是公开演唱，戏台搭在旷野上或河边，自由观看。有些街坊或村镇大抵每年捐款公演一回，本文中说："当时我并不想到他们为什么年年要演戏，现在想那或者是春赛，是社戏了。"这是题目的说明，但实际上这种演戏大抵是在夏天，一般称为"保平安"的平安戏，乡间多在社庙前，城里则远远的搭盖一个神座，排列着五个牌位，在土谷神以外说不定有财神、瘟神，但火神是一定有的，因为他的牌位独用绿纸，这个我记得很清楚。戏台底下挤来挤去都很自由，台如临河，更可以坐了船看，早来在前，迟到的自然只好泊得远一点了。本文中说这情形说："最惹眼的是屹立在庄外临河的空地上的一座戏台，……在台上显出人物来，红红绿绿的动，近台的河里一望乌黑的是看戏人家的船篷。”坐在船里的人可以看戏，也可以不看戏，只在戏台下吃糕饼水果和瓜子，困倦时还不妨走到中舱坐着或躺下，这实在比坐什么等的包厢都还写意自在，而且又是多么素朴。这固然是水乡的特别情状，便是在城里和山乡，那样方便的船是没有了，但自由去来还是一样，在空地上即使锣鼓喧天，也只觉得热闹而不喧扰，这好处也反正是一样的。

八六　翻筋斗

京戏以前是达官贵人和小市民所赏玩的，地方戏的对象则只是一般民众，所以比起来要质朴得多了。本文里说到社戏的内容，滑稽的却也很好意的举出几点来，最初说台上有一个黑的长胡子的背上插着四张旗，捏着长枪，和一群赤膊的人正打仗。据说那是有名的铁头老生，能连翻八十四个筋斗，可是这回他又并不翻，只有几个赤膊的人翻，翻了一阵都进去了。其次说所最愿意看的是一个人蒙了白布，两手在头上捧着一支棒似的蛇头的蛇精，其次是套了黄布衣跳老虎，但是等了许多时都不见。忽而看见一个红衫的小丑被绑在台柱子上，给一个花白胡子的用马鞭打起来了，大家振作精神的笑着看。著者接下去说，在这一夜里，我以为这实在要算是最好的一折了。末了“老旦终于出台了。老旦本来是我所最怕的东西，尤其是怕他坐下了唱，这时候，看见大家也都很扫兴，才知道他们的意见是和我一致的”。后来老旦竟在中间的一把椅上坐下去了，于是他们便决心开船回去。这里近于游戏的几节叙述，我觉得极能说出著者对于社戏的印象，不论好坏总都是素朴得有意思。帮闲引了公子去抢姣姣，结果吊打了写服辨了事，这是绍兴戏中精彩之一，《五美图》的老鼎，《紫玉壶》的大师爷，看过的人都不能忘记，上文说小丑被打马鞭，也正是说这类事，虽然他不曾说出是什么戏文来。

八七　平桥村

《社戏》中说明年代是著者十一二岁的时候，即清光绪辛卯或壬辰，即一八九一或一八九二年，那么与《白光》的本事差不多是同时吧。地点则说明在外祖母家里，本文中清楚的交代过，“那地方叫平桥村，是一个离海边不远，极偏僻的，临河的小村庄；住户不满三十家，都种田，打鱼，只有一家很小的杂货店。”这些都说得很对，只须补充一句，那里的人于种田之外也还做酒，而且手段很不差，如本文末了所说六一公公的弟兄七斤便是一个，到了做酒时期常被外县请去，专工听酒熟够了没有，这叫作“酒头工”，地位是颇高的。

社戏却并不在平桥村举行，乃是在赵庄，这是离平桥五里的较大的村庄，平桥村太小，自己演不起戏，每年总付给赵庄多少钱，算作合做的。小说里因为要用船，所以那么安排，事实上原不是如此。平桥村原名安桥头，赵庄则原是外赵和里赵两个小村，在安桥头的东首并排着。有一年曾往里赵去看过戏，沿着河的北岸走去，不过一里路就是，河身很窄，又是个溇（不通行的水路），船用不着，大家只是站在稻地上看罢了。上节引用本文说河里一望乌黑的是看戏人家的船篷，这乃一般的情形，大抵要在较大的地方才如此。看戏的船须在中船以上，便是船身要高，那么头舱部分铺平板，将船篷顶起，放几把椅子，可以坐看，若是站在船舱里，有如矮人看灯，是望不见什么来的。

这里民间风俗，要彻底了解，不免烦絮，而且烦絮了有时也还未必能全明了。即如船这东西，在中国式样很多，实在不容易说清楚，曾见有人画过《社戏》里的图，那只船的橹装在头部，但乡下的船摇橹都在后艄的，用的橹也与“无锡快”不一样，实在非亲看一下是难画得对的。前清时大地主家人工众多，自家的大船用三四枝橹，夹着船头再加两枝，过去也曾有过，但这种情形在近五十年中也早已不见了。

八八　金耀宗

《呐喊》原本还收有一篇《不周山》，后来析出，编到《故事新编》里去了。那本是别一类的作品，就是留在这里，也没有什么可以说明的地方，倒是另一篇东西，虽是用文言所写，却是性质相近，觉得应当归在一起的，这便是《怀旧》。这是鲁迅辛亥冬天在家时所写，但革命的前夜谣传革命党将要进城，富翁与塾师商议迎降，颇富于讽刺的色彩。这篇文章抄好了搁在那里，还未有题名，过了两年之后由我加了一个题目，寄给《小说月报》，登了出来，但年月却已忘记了。这《怀旧》的题目定得很有点暧昧，实在也是故意的，本文说的是眼前的事，可是表面上又是读《论语》对两字课的时候，假装着怀旧，一面追述太平天国，乃是真正的旧事了，但因此使得本文的意思不免隐晦，也是一个缺点。

现在我们分作两段来说。前段说的是仰圣先生与金耀宗。虽然说金耀宗是以东邻的富翁为模型，这也只是个大略，便是说准备怎么犒师，至于别的言动，自然不是写实的，因为是讽刺，所以更不免涉于夸张了。仰圣先生单是读书人的代表，或者因了广思堂的塾师矮癞胡（见《百草园》三九）的联想，所以叫他作秃先生，并不是一个真的人物。对于秃先生这人，著者的估价大概要比金耀宗低得多，因为后者只是可笑，而前者乃更可鄙了。这一种意见本文有一节说得很明白，特别指出秃先生的本领系从读书得来，尤其说得好。

八九 秃先生的书房

在中国的旧笑话书里，塾师是一大部门，他们的认白字和受东家的欺侮都是笑话的好材料。他们住在别人家里去教子弟读书，照现在的话是家庭教师，应当多少受点尊敬，可是事实上不尽然，实在他们自己也不高明。秃先生也正是这样的一个人，不过本文中不着重在这一点，只说得他这人的卑鄙庸俗，别的都不提，但说的教读的情形，虽没有秃先生的特色，却可以见旧式书房的一斑。如第二节云：

> 彼辈纳晚凉时，秃先生正教予属对，题曰："红花。"予对曰"青桐。"则挥曰："平仄弗调。"令退。时予已九龄，不识平仄为何物，而秃先生亦不言，则姑退。……久之久之，始作摇曳声曰："来。"余健进。便书绿草二字曰："红平声，花平声，绿入声，草上声。去矣。"

这写"对课"实在很得要领，其次是讲书，塾师教读

“四书”，本来只是口授读音，让学生去照样朗诵暗记，所谓讲书乃是依白文敷衍一遍，如说“到七十便从心所欲，不逾这个矩了”，正是一例。

旧书房的功课这样安排，当初也原是很有道理的，因为目的去应科举，八股题目出在“四书”里，临场不准带书，假如不是句句背诵得出，便难知道这出处，末了要做一首试帖诗，要讲对仗平仄，每天晚上的对课即是这种练习。诗文都很有板眼，“秃先生讲书久，战其膝，又大点其头，似自有深趣”，便是为此，那些都是节拍的表示。《八铭塾钞》则是有名的一部八股文选本，是秃先生的随身法宝，年时令节回家去时也带着走，因为在旧读书人八股不但是他的事业，也还成了他的娱乐，读八股如唱京戏，自有深趣，正是极当然的了。

我们拿三味书屋的先生来比较，那也是旧时代的读书人，他却是爱读那律赋，也还是讲排偶，但那是骈文，八股家所排斥为“杂学”的，我们于此可以看出这里有一个很大的不同了。不但两个人是一真一假，文章上表示出来的气象也就不大一样，所以如把他们混作一个人看去，那便很是错误了。

九〇 太平天国故事

《怀旧》的第二段是述太平天国时的故事，这不是本文的中心，所以讲的并不完备。讲故事的王翁本无其人，因为新台门早就成为杂院，并没有看门的人，那些青桐和芭蕉也没有，大小书房虽有数间，却是谁也请不起教书先生，这些都关闭着，小孩读书还是跑到外边书塾里去。但是所说太平天国时事乃是有所本的，吴媪的事便听鲁老太太讲过，她是从曾祖母听来的，吴妈是曾祖母身边的用人，大概祖父小时候曾由她照看过，鲁老太太还看到她，在光绪初年已经有七十多岁了吧。打宝一节系佣工潘阿和所说，在甲午（一八九四年）时年可六十许，不记得是哪一村人，他说自己那时曾参加过打宝。本文中地名多系实在，芜市当然代表县城，何墟应是道墟，虽然距城颇远，有六十里水路，鲁迅的姑丈章介千是道墟的地主乡绅，与官府很有往来，三大人似是指他，虽然后文说他以打宝起家，那又是小说化了。张睢阳庙是说唐将军庙，他乃是南宋的卫士，狙击元将瞿八不中而死，葬在塔子桥南，今在长庆寺内。平田即平水，在县城南三十里，幌山当是指的党山，在县城北四十里，一系山乡，一系近海之地，是当时适于避难的地方。

九一　后记

我写这《呐喊衍义》是从二月初开始，预备给上海《亦报》揭载的，照例写成那么的短节，刚好每天一节，不大占篇幅。这是因时制宜的办法，虽然实际上不无缺点，有的材料长一点烦琐一点，如不分写作两段，只好削足来适履，有的短少了，又难免有填塞棉花之必要了。以前的《百草园》就是这么写了，不管有什么缺点，还是这么写下去。但我这衍义可以说原是为读《呐喊》的人写的，对于不读鲁迅的各位毫无用处，就是硬着头皮看下去，也得不到什么益处。报上发表的不到预定的三分之一就中止了，这样我就不再有每天一节的拘束，论理大可改变写法，或者可以写得自由一点也未可知。可是我并没有这样办，以前写好的几节要改写也觉得麻烦，便这么的写下去吧，反正改变方法去写，不一定会写得怎么好，现在既不在报上揭载，每节长短可以不拘，也就自由得多了。我看了本文，在我所感觉到的地方，就我所知，略加说明，不过这里要不要注的决定全是主观的，定得未必适当。也或有遗漏的地方，至于我见闻有限，有些也未能明了，这些缺点都要请读者原谅。必要的说明有的与《百草园》所说不免重复，别的则努力避开，让读者直接到那本书上去看好了。

一九五二年三月三十日。

第二分　彷徨衍义

一 《祝福》

《彷徨》里所收小说，总共是十一篇，第一篇即是《祝福》。这因了戏剧电影的关系，在世上已是大大的有名，但名称乃是以里边女主人公为主的《祥林嫂》，原名比较的少有人知道，这其实也是颇有理由的。因为这“祝福”二字乃是方言，与普通国语里所用的意思迥不相同，这可能在隔省的江苏就不通用的。范寅《越谚》卷中《风俗门》下云：

祝福，岁暮谢年，谢神祖，名此，开春致祭曰“作春福”。

在乡下口语里这的确读如“作福”，音如桌子之“桌”，文人或写作“祝福”，虽然比较文从字顺，但“祝”读如“竹”，读音上实在是不很一致的。顾禄《清嘉录》卷十二《过年》项下云：

择日悬神轴，供佛马，具牲醴糕果之属，以祭百神。神前开炉炽炭，锣鼓敲动，街巷相闻。

送神之时，多放爆竹，谓之过年，云答一岁之安。

又引蔡云《吴歈》云：

三牲三果赛神虔，不说赛神说过年。

一样过年分早晚，声声听取霸王鞭。

这里说的阴历十二月的事，大体与祝福相像，名称则大不相同了。如依据《说文解字》，冬至后三戌为“腊”，腊祭百神，说越的“祝福”与吴的“过年”都是“腊”的遗风，未始不可。查照去年历书，冬至丁酉后三戌为旧十二月二十一日，时节倒也正相当。唯《越谚》云“谢神祖”，《清嘉录》云“悬神轴，供佛马”，与祭百神之说不合，但是乡下旧俗却是纯粹祀神，这也正可以说“礼失而求诸野”吧。

二 祝福的仪式

乡下年底祝福的仪式，据个人的记忆，大致如下。在规定祝福的头一天，伐取新竹枝，缚在长竿上，掸扫厅堂，再用水冲洗地面，这些当然是叫雇工所做的。到傍晚时，将八仙方桌两张接长了，放在靠近檐口的地方，一方面去准备福礼。这就是三牲，大抵是鸡鹅各一，都是预先栈养得极大的，猪肉长方一块，系腰背连肚腹部分，俗称"元宝肉"，先期宰杀洗净，至时放入淘锅去煮，至半夜可熟为度。这些都装在红漆大桶盘内，上插许多筷子，是祀神用的一定的格式。此外又有活鲤鱼一条，买来养在水缸内，祭时拿去挂在八仙桌右边横档上，事毕仍放在水里，过几天拿到城外河中放生。这恐怕是读书人家的风俗，他们平常忌吃鲤鱼，因为它是要跳龙门的，是科举的一种迷信，所以可能是后起的事。照例杀牲祀神时，有一碗血略加水打匀，蒸熟后附带作供，这里恐怕也是如此，豆腐一盘，盐一盘，厨刀一把，也是祀神必备的供具。此外别无食物，虽然新年接神的时候例供果盘，以及乡下特有的年糕、粽子。说是祭百神，到底不知道有多少位，那些乱戳在三牲上的筷子，大概让他们随便使用（刀自然是割肉用的），茶酒则一定是三茶、六酒，茶也只用茶叶一撮放入茶盅内罢了。

祭桌的排列次序是，桌帏和香炉烛台五事在向门口的一端，其次是三牲供品，茶酒，最末后是神马，是一张元书纸上印成的神像，用两支竹签插在一块“烧纸”上的。神位之后便是拜位，行礼的时间大概在那一天的半夜里，算的是第二天的日期，时刻则是子时吧。拜毕焚化给神们的纸元宝一挂，加上烧纸，连神马一起烧掉，随即大放其爆仗，普通多是鞭炮，即霸王鞭，一串一千枚，双响爆仗十个。本文中关于祝福也有一段记述，说得颇仔细：

> 这是鲁镇年终的大典，致敬尽礼，迎接福神，拜求来一年中的好运气。杀鸡，宰鹅，买猪肉，用心细细的洗，……煮熟之后，横七竖八的插些筷子在这类东西上，就可称为“福礼”了。五更天陈列起来，并且点上香烛，恭请福神们来享用。拜的却只限于男人，拜完自然仍然是放爆竹。年年如此，家家如此，——只要买得起福礼

和爆竹之类的，——今年自然也如此。

这里看不出指的是什么时候，但据篇首说回到鲁镇，“虽说故乡，然而已没有家”的话看来，或者可以推定这是说民国八年以后的事情吧，虽然这回乡的话本来也是小说化。鲁四老爷是讲理学的监生，寒暄之后即大骂其新党，这本是当然的事，但下文说明“这并非借题在骂我，因为他所骂的还是康有为”，这也是一个旁证，本文中所说的时代已是在民国以后了。

三　祥林嫂

祥林嫂的故事是用了好些成分合成起来的。这里我们分开来说，第一是她的那一副形相。著者最后在河边遇见她的时候，只见她瞪着眼睛，脸上消尽了先前悲哀的神色，仿佛是木刻似的，只有那眼珠间或一轮，还可以表示她是一个活物，她一手提着竹篮，一手拄着一支比她更长的竹竿，下端开了裂。这显然有一个模型在那里，虽然她的故事是完全不相同的。

那是鲁迅的一个本家远房的伯母，周氏始迁祖以下的八世祖派下分作致、中、和三房，到鲁迅已是第十四世了，他是“致房”的，那伯母却是“中房”的，她的儿子也是十四世。但和鲁迅是同第六世祖(不知道应该叫作什么祖了)，所以是很远的了。她的丈夫是个秀才，死后留下一个儿子，也在三味书屋读过书，人很聪明，但是后来在“和房”代管事务，便长住在那里，不大回来，她很是着急，觉得儿子是丢掉了。她说儿子与那边的闺女有了关系，其实他们也是同第六世祖，远得很了，她在本家中当作秘密似的宣传，又说他不理她的劝告，骂她，以至于要打她。她在民国初年常去访问鲁老太太，便是那么拄了一支竹竿，比她更长，神色凄凄惶惶的，告诉她的苦难，可是听的人同情于她，批评她儿子一两句，她立即反驳过来，说这倒也并不是他的不好，回去还要对儿子说某人怎么怎么在说，结果反要对你见怪。久而久之，她的那一套话讲得次数多了，大家似信似不信，也怕发表意见，只好嗯嗯的听着罢了。

她为了失去儿子的悲哀，精神有点失常了，虽然对于别的事情，还不大看得出来。只是有一年冬天，她忽然悲观起来，乘夜投在与街道平行着的河道内，河水照例是通年不冻的，只是水量要减少些，她觉得死不去，却是冷得厉害，便又爬起，回到自己家里去了。这件事别人都不知道，乃是她自己对鲁老太太说的，想必是事实。祥林嫂的悲剧是女人的再嫁问题，但其精神失常的原因乃在于阿毛的被狼所吃，也即是失去儿子的悲哀，在这一点上她们两人可以说是有些相同的。

四　死后的问题

本文中说祥林嫂遇见著者，问他几个问题，使得他不知道怎么回答才好，即是“有没有灵魂[1]？”“有没有地狱？”“死后是不是一家人都能见面？”一般的人照例相信鬼，“然而她，却疑惑了，——或者不如说希望，希望其有，又希望其无。”本文里这两句话解说得很明白，这正是世俗的一种迷信，使她迷惑错乱，以至于穷死，在这上边，鲁四老爷的道学还只是一个原因罢了。这些迷信便是故事的第二成分，在民间是自成一个体系，很有点势力的。相信魂灵与鬼是世间共通的现象，在中国则很受到印度的影响，特别是地狱，差不多全出于佛书。《玉历钞传》里的记载大概就是《楼炭经》和《地藏本愿经》的节略，这本不是中国民族固有的思想，可是传来之后却有极大势力，普及民间，

【锺校】

① “灵魂”，《祝福》原文是“魂灵”。

造成许多弊害，尤其是在妇女的生活上，礼教上的轻视女人，再加入宗教上的不净观，正是加倍的酷烈了。

祥林嫂失去儿子的悲哀，可以因相信有魂灵而得到慰安，因为在死后一家的人可能见面了，所以她在这里是希望其有吧。但是同时还有再嫁的问题在那里，她在世间是孤苦伶仃的一个人了，但如死后与家人相见，在阴间便有前后两个丈夫等着了。那么这事怎么办呢？据乡间老太婆的判断，她们且不来谴责再嫁，不规定发往什么小地狱去，只是就事论事，滑稽一点可以说是作为民事处理，一个女人不能归两个男人所有，最公平的办法是各人分得一半，干脆由鬼卒拿去锯开来了事。本文中所说柳妈的话并不是没有根据的，这思想相当普遍，著者大抵还有事实的依据，便是的确曾经听见有人说过的。那是一个年近五十的女人，住在周家台门的门房里很久，至少总是再嫁过的吧，通称单妈妈，虽然她并不在给人家做工，有一天对鲁老太太说，正如本文所云，“放低了声音，极秘密似的切切的说”道：“说是在阴司间里，还要用锯去解作两爿的呢。”原本很富于喜剧气的一番话，却被著者一转用，完全变成悲剧的了。捐门槛之说，也是这类迷信的一部分，只是我不知道它的出典，所以举不出说这话的本人来了。

五　寡妇再嫁

第三成分是寡妇再嫁和抢亲。中国过去礼教上强调贞节，但社会上一般人家寡妇再嫁也是常有的事，自然她是要受点差别待遇，被称为“回头人”，或是“二姑娘”（“大姑娘”是处女的称号），结婚仪式上也有些差别，只是详细不明了。除了礼教代表的士大夫家以外，寡妇并不禁止再嫁，问题是没有她的自由意志，必须由家族决定，换句话说即是怎么出卖，卖多少钱，这样办好的再嫁是不触犯礼法的，至于阴间的罪名那是另一个问题。本文中关于这点说的很清楚，祥林嫂的婆婆是个精明强干的人，把她的寡媳卖到里山去，可以多得财礼，给她的次子娶亲以外，还可以多馀若干钱，这是多么好的打算。里山的生活较苦，一般虽然也是买卖婚姻，但父母到底还不大愿意把女儿嫁进深山野墺去，结果自然以婆婆出卖寡媳的为多了。

本来祥林嫂第一次在卫家山，被卖到贺家墺，第二次守了寡的时候，也可能再从贺家墺被卖到别处去，这回却并不如此，也是别有理由的。本文说她没有婆婆，房子是自家的，后来丈夫病死，儿子也给狼吃了，她大伯来收屋，便把她赶了出来。这情形与《儒林外史》里严贡生等她弟媳的儿子死了之后去接收财产的情形相似，因为收屋比争取财礼更好，所以“利之中取大”了。抢亲的事在乡间常有，大抵是男家恐怕女家要悔约，乃乘其不备，于卖约婚姻上加添了一点劫掠分子，本人不知道不愿意的也附加在内，如祥林嫂事件即其一例。其次则有合意的抢亲，因为贫穷不能备礼，采用抢亲的形式，许多繁文缛礼便都可省去，这也可以说是一种“非礼之礼”吧。

六　马熊拖人

祥林嫂的小儿子在门口剥豆，被狼衔了去，寻到山坳里，看见刺柴上挂着一只小鞋，他躺在草窠里，肚里的五脏都给吃空了，手上还紧紧的捏着那只小篮，这件事是对于她最大的打击，是故事里的第四成分。这件悲惨的事是有事实作根据的。周氏第九世的祖坟是在乌石头山麓，那地方离城才二十多里路，扫墓时船靠了岸，还有一段路，穿过有人家的聚落，迤逦在山脚下走，不久就到，女人照例用兜轿抬，男子都只是步行而已。这一代是致房的先祖，由派下智、仁、勇三房轮流值年祭祀，一年中三次到坟头去，必须与“坟邻”（看坟人的称呼）接触，新年他们也要来一次。这乌石头坟邻的小儿子便是这样的被野兽吃去的，年代大概已很久远，鲁老太太听那坟邻的妻子说过，有时提起还很替她伤感，据说她后来因为哀悼一直把眼睛都哭瞎了。算起来这事总还在光绪癸巳

（一八九三年）以前吧。

本文里叙述的话差不多就用原来的口气，但是小说中不指定地方，所以没有说明剥的是什么豆，这应当是“罗汉豆”，即是国语的“蚕豆”，又那吃人的动物也只简单的称作狼，这东西实在是一种怪兽，乡下都称它为“马熊”。范寅《越谚》卷中《禽兽门》中有“马熊”这个名称，小注说明在同治初年太平军事初了，居民稀少，豺狼出山拖人，呼为马熊。《越谚》序署光绪四年，距同治初才有十多年，应该所说的话可以相信，但听人家讲马熊的事情，都说这有毛驴那么大，不像大狗，颈上有长鬣，又说走路阁阁有声，又好像是分蹄兽的模样了。但分蹄兽照例是不吃肉的，可以知道决不会是那一类。或者被袭的人吓得魂不附体，幸而得免，也认不清那是怎么一副形相，因此生出些幻觉来也未可知，仿佛觉得它似马似熊，所以给了它这样一个名字。说不是狼，那么该是什么东西，实在也想不出来，说是狼呢，乡间人并不是不认得狼的，他们说并不是，这真相实在很难知道了。以上所说是前清同治初以至光绪初的事情，至少已是七十年前了，可是想不到近来还听说有马熊拖人的事。去年秋天有同乡潘君来访，他是民国四五年我在乡下中学教书时的同事，后来任浙江大学的教授，谈起家里情况，说别的还好，只是一个小儿子，抗战时在山乡避难，给马熊拖了去了。我记得他是民五结婚的，不知道那是第几个孩子，当时很是愕然，竟没有问他详细的情形。

七 鲁四老爷

故事里的第五成分是讲理学的监生鲁四老爷。本文里说明在故乡已经没有家，寄住在本家叔辈的家里，论理这该是老台门周宅了，但这本来是小说化，事实上搬家出来以后就没有回乡去过，因此这所写的本家也不必一定是写实的了。就本文上所写看来，这还是著者的故家，即是新台门周家，壁上挂着朱搨的大“寿”字，原是影射三台门公共的那块“德寿堂”的大匾，但所说对联却是新台门的。一边的对联已经脱落，卷了放在长桌上，一边的还在，这是“事理通达心气和平”，这原来是新台门特有的一副抱对，上联是“品节详明德性坚定”。关于这联还有过一件轶事，有一天致房派下值年祭祀，在大厅上吃饭，照例有些野狗钻到桌子底下捡骨头吃，大家就用脚踢它，可是有一只不管如何总不肯走，也不嗥叫一声。有叔辈掉文的朗诵抱对的上联，大家笑了起来，那时派下房长是叔祖辈的飏园公，辈分年纪都很大，悠然的接着念那下联，于是又哄堂的笑了。

这小说作于一九二四年，已在搬家五年后了，还剩有这个回忆，但《朝华夕拾》之作又要在这一年之后了。鲁四老爷却是没有什么依据的，假如要找实在的模型，那也并不是难事，但总该是个举人，或至少是秀才才行，监生是没有讲理学的资格的，事实上本家中也并无监生，因为这须得是有钱而不通的人，而周家则什九穷困，没有捐监生的财力。其次是讲理学的大都兼信道教，他们于孔孟之外尤其信奉太上老君或关圣帝君的，这一点在本文中也曾略为提及，那大“寿”字即是陈抟老祖所写，但那一堆书只是些《康熙字典》，《近思录》和《四书衬》，没有《阴骘文》一类的东西，道教空气并不明显。这位道学家在这里的地位不怎么重要，他的脚色只是在给祥林嫂以礼教的打击，使她失业以至穷死，所以关于他的个人不再着力描写的吧。《祝福》里所写的是封建道德和迷信的压迫下的妇女的悲剧，大抵全国都是一样，地方色彩不很重要，但本文所说到底还是南方水乡的背景，在北地的读者如没有详细的说明参考，恐怕不免有隔膜的地方。

八 酒楼

《在酒楼上》是写吕纬甫这人的，这个人的性格似乎有点像范爱农，但实在是并没有模型的，因为本文里所说的吕纬甫的两件事都是著者自己的，虽然诗与真实的成分也不一样。那酒楼所在的地方本文说明是S城，这不但是“绍兴”二字威妥玛式拼音的头字，根据著者常用的S会馆的例子，这意思是很明了的。以前小说里写鲁镇都算是乡村的小镇，所以这里说这城离故乡不过三十里，坐了小船，小半天可到，固然是小说化，也约略是以安桥头为标准的吧。“一石居”的名称大概是采用北方式的，这是酒楼，在小楼上有五张小板桌，不是普通乡下酒店的样子，并不以“咸亨”为模型，其所云“一斤绍酒”，是用北方说法，本来这只叫作“老酒”，数量也是计吊、计壶，不论斤两的。其次说菜，实在只是下酒物，方言叫作“过酒胚”。“十个油豆腐，辣酱要多”，却是道地的乡下食品，即使不是别处没有，也总是很特别的东西。平常油豆腐是立方体，只有七八分见方吧，这乃是长条的，长可二寸，宽一寸，用白水在砂锅内煮，适当的加盐，装在碟子上临时加辣酱，看去制法很是简单，但家里仿制总不能做得那么的好。有人说那汤是用肉骨头汤煮的，其实也并不然，汤未必有肉味，而且价值一文钱一个，也不够那么去下本钱。后面遇着了吕纬甫，添加了两斤酒，又复点菜，指定了四样，那是茴香豆、冻肉、油豆腐、青鱼干。这里茴香豆已见《孔乙己》篇中，是一般酒店所常备之物，其他荤菜则须较大的店里才有。冻肉方言叫作“扎肉”。用肥瘦适宜的猪肉切成长方块，以竹箬丝横缚，加酱油、桂皮等作料煮熟，盛入钵内，候冻结后倾出大盘上，晶莹如琥珀，唯冬天才有，一块售钱十六文。青鱼干是上等的鱼干，用螺蛳青所做，晒好后切块蒸熟即可吃，或装入瓷瓶内，洒以烧酒，则更是松软，但酒楼上所有大抵只是常品而已。但是荤菜在酒店里也只是过酒胚，与现炒的菜不同，所以不算是点菜，本文里这么说，原是依照世俗的说法，并不一定要写实的。

九 迁葬

吕纬甫所讲的两件事情，第一件是回乡来给小兄弟迁葬。本文中说他有一个小兄弟，是三岁上死掉的，就葬在乡下，今年本家来信说他的坟边已经浸了水，不久恐怕要陷入河里去了。他因此预备了一口小棺材，带着棉絮和被褥，雇了土工，前去把坟掘了开来。待到掘着圹穴，过去看时，棺木已经快要烂尽了，只剩下一堆木丝和小木片，把这些拨开了，想要看一看小兄弟，可是出于意外，被褥、衣服、骨骼，什么都没有。那么听说最难烂的头发，也许还有吧，便伏下去，在该是枕头所在的泥土里仔仔细细的看，也没有，踪影全无。我在这里节抄本文比较的多，因为这所说迁葬乃是著者自己的经历，所写的情形可能都是些事实，所不同的只是死者的年龄以及坟的地位，都是小节，也是因了叙述的必要而加以变易的。下文接下去说，他铺好了被褥，用棉花裹了些先前身体所在的地方的泥土，包起来，装在新棺材里，运到父亲埋着的坟地上，在他坟旁埋掉了。我们相信这所写的也是事实。关于迁葬的情形，他不曾告诉过人，别人也不曾问过他，大家都怕说起来难过，但是他在这里写得一个大略，觉得这是很可珍重的材料。吕纬甫说起他少年时事，曾经同到城隍庙里去拔掉神像的胡子，与现今迥不相同，这也是很重要的有意思的话。

一〇　小兄弟

现在我们来说明一下关于小兄弟的事情。这乃是著者的四弟，小名春，书名椿寿，字荫轩，是祖父介孚公所给取的，生于清光绪癸巳（一八九三年）六月十三日，卒于戊戌（一八九八年）十一月初八日，所以该是六岁了。本文中说是三岁，这或者是为的说坟里什么都没有了的便利，但也或者故意与幼殇的妹子混作一起，也未可知。她小名端，生于光绪丁亥（一八八七年），月日忘记了，大概不到一周岁，即以出天花殇，她最为伯宜公所爱，葬在南门外龟山，立有小石碑，上写“周端姑之墓”，即是伯宜公的亲笔。椿寿也葬在那里，离开她的坟西南约二十步。那地方虽非义冢，大抵也是官地吧，在那东南方面有一个庵址，大殿早已没有，只在门口西边曲尺形的留下些房屋，作为停放棺材的地方，伯宜公的生母殁后就殡在那里，伯宜公把爱女埋在那里，大概是为了这个缘故。

椿寿的坟因为已在十一二年后了，所以位置更往南移，渐近土坡的边沿，那地方下面乡下人挖黄土，掘成岩壁模样，年月久了就有坍圮之虞，本文中说是河边，取其直捷明了，但由此可知这里是以他的坟为目标的，坟前竖有一块较大的石碑，上刻“亡弟荫轩处士之墓”，下款是“兄樟寿立”，写的是颜字，托本家叔辈伯文所写，那做坟和立碑的事都是我经手的，所以至今记得很是清楚。

周氏兴房的祖坟两座都在南门外小南山头，一座是三位高祖母，一座是高祖和曾祖父母，俗语称为“抱子葬”的。另外在逍遥楼买得一座本家的寿坟，本有三穴，后来葬了祖父母，伯宜公便附葬在那里，小弟妹又附在他的旁边了。这件事是鲁迅于民国八年末次回乡时所办的，其中大概迁葬的印象留得最深，所以这里特别提出来记述一番的吧。

一一　小照

本文中著者说及他的小兄弟：

> 连他的模样都记不清楚了，但听母亲说，是一个很可爱念的孩子，和我也很相投，至今她提起来还似乎要下泪。

这话说得很简单，可是也是有根据的。小兄弟死的时候他正在家，但是过了三天却在十二日就回南京学堂去了，这以后的事情是我在旁边，知道得最清楚。母亲永远忘记不了这小人儿，她叫我去找画神像的人给他凭空画一个小照，说得出的只是白白胖胖，很可爱的样子，顶上留着三仙发，感谢画师叶雨香，他居然画了这样的一个。母亲看了非常喜欢，虽然老实说我是不能说这像不像。这画画得很特别，是一张小中堂，一棵树底下有圆扁的大石头，前面站着一个小孩，头上有三仙发，穿着藕色斜领的衣服，手里拈着一朵兰花，如不说明是小影，当作画看也无不可，只是没有一点题记和署名。查旧日记，在己亥年有这几项记录：

> 二月十一日：雨。同鸣山叔访叶雨香画师，不值。
>
> 十二日：雨。访叶雨香适在，托画四弟小照。
>
> 十三日：晴。往狮子街取小照“头子”，颇佳，使绘秋景。

裱画大抵也在这月内，但日记上没有记着。这画挂在她的房里（后来在北京是房外板壁上）足足有四十五年，在她老人家八十七岁撒手西归之后，由我把这幅画卷起，连同她所常常玩耍，也还是祖母所传下来的一副骨牌，拿了过来，一直放在箱子里，没有打开来过。直到今年才由儿子拿来捐献给文化部，仍旧挂在那板壁上，有人往鲁迅故居去的就可以看到那小兄弟的小影了。但是我也还留着一个副本，在搬家北来的时候曾经托画师（或者还是叶雨香也说不定），将高祖以下的神像都缩临成斗方，成为胸像，又单把祖父两代的合裱一幅，那小兄弟的胸像也附在下方，因此倒比较是放大了，大抵和原本差不多，就只是没有那背景而已。

一二　故乡风物

著者对于他的故乡一向没有表示过深的怀念，这不但在小说上，就是《朝华夕拾》上也是如此。大抵对于乡下的人士最有反感，除了一般封建的士大夫以外，特殊的是师爷和钱店伙计（乡下叫作“钱店官”）这两类，气味都有点恶劣。但是对于地方气候和风物也不无留恋之意，如本文中说，坐酒楼上望见下边的废园：

> 这园大概是不属于酒家的，我先前也曾眺望过许多回，有时也在雪天里。但现在从惯于北方的眼睛看来，却很值得惊异了：几株老梅竟斗雪开着满树的繁花，仿佛毫不以深冬为意；倒塌的亭子边还有一株山茶树，从暗绿的密叶里显出十几朵红花来，赫赫的在雪中照得如火，愤怒而且傲慢，如蔑视游人的甘心于远行。我这时又忽地想到这里积雪的滋润，着物不去，晶莹有光，不

比朔雪的粉一般干，大风一吹，便飞得满空如烟雾。

下文吕纬甫说到回乡来迁葬，也说："这在那边哪里能如此呢？积雪里会有花，雪地下会不冻。"著者在这里便在称颂南方的风土，那棵山茶花更显明的是故家书房里的故物，这在每年春天总要开得满树通红，配着旁边的罗汉松和桂花树，更显得院子里满是花和叶子，毫无寒冻的气味了。关于乡土的物品，在《朝华夕拾》的《小引》上也有一节云：

我有一时，曾经屡次忆起儿时在故乡所吃的蔬果：菱角，罗汉豆，茭白，香瓜。凡这些，都是极其鲜美可口的；都曾是使我思乡的蛊惑。后来，我在久别之后尝到了，也不过如此；惟独在记忆上，还有旧来的意味留存。它们也许要哄骗我一生，使我时时反顾。

清末人遐龄的《醉梦录》笔记中有一则云：

莫切崖元英行七，浙江山阴县人也，其人古貌古心，不修边幅，见人辄跪拜不已，虽仆役亦然，以此人皆以莫疯子呼之，然其学问渊博，凡医卜星相堪舆之术，以及诗古文词，无不通晓，寓京师已三十馀年矣。诗不多作，曾记其一联云："五月杨梅三月笋，为何人不住山阴？"其不克还乡之苦况已露于言表。

莫元英也是一个畸人，其号称“切崖”实在即是“七爷”，杨梅与笋也正是他的蛊惑，此事原是古已有之的也。

一三　剪绒花

吕纬甫所讲的第二件事是给旧日东邻船户长富的女儿顺姑送剪绒花去。他的母亲记得顺姑以前想要剪绒花却是得不到，这回便叫买两枝去送给她，可是等到找着了的时候，才知道她已经病故了。她患的是所谓痨病，吐红和流夜汗，有一天她的伯父长庚又来硬借钱，她不给，长庚就冷笑着说：你不要骄气，你的男人比我还不如呢。这更增加了她的忧闷，不久就死了，因为她想，如果她的男人真比长庚不如，那就真可怕啊，比不上一个偷鸡贼，那是什么东西呢？然而那是贼骨头的诳话，她的未婚夫赶来送殓，是个摇小船的，衣服很干净，人也体面，顺姑大上了长庚的当了。本文里是这么说，剪绒花的一节原是小说化的故事，但后半却是有事实的根据的。

所谓偷鸡贼长庚即是做过阿 Q 的模型的阿桂，长富自然就是阿有了，但事实上阿有乃是阿桂的老兄，他的职业是给人家舂米的。他们父女（大概还有一个小儿子）住在周宅门内西边的大书房里，那里住着礼房的利宾以及中房月如、日如兄弟共三家，阿有大抵是占领着朝北房屋的东偏一角吧。顺姑的真名字已记不清楚，她是一个很能干的少女，替她父亲管理家务很有条理，有时阿桂来借钱，也就由她对付，阿桂耍无赖，说她的未婚夫比他不如，去挖苦她也是实有的事，但是那等于做偷鸡贼的叔父一向为她们所看不起，他的话当然是毫无信用的了。至于她的病并不是肺结核，实在乃由于伤寒初愈，不小心吃了凉粉石花，以致肠出血而死。她的未婚夫是一个小店伙，来吊时大哭，一半为了情义，一半也是自伤，他当了好些年伙计，好容易积了百十块钱聘定了一个女人，一霎时化为乌有，想要再聘娶，成家立业，这事一时便很有点不大容易了。本文中说去找长富没在家，就回到斜对门的柴店里，这即是说的路南迤东的那家屠正泰号，店主是一位老太太，通称宝林太娘，是那街上的老住户之一，在《百草园》第二分中曾有说及，今不多说了。

一四 《幸福的家庭》

《幸福的家庭》这一篇在篇首注明“拟许钦文”，大概里边很有些诙谐分子，或者含有好些讽刺，但是我不明白，没有什么可以说的。只有在本文中说幸福的家庭的布置，卧室是黄铜床，或者质朴点，“第一监狱工场做的榆木床也就够”，这句话可以说是有根据的。民国八年（一九一九年）搬家的时候，中间正屋左右两间即鲁老太太和鲁迅夫人的居室里用的即是这种榆木床，那时因为有同乡在北京第一监狱当什么科长，宋紫佩也进去兼任教诲师，便托他去定做了来。查旧日记，大床两张于十二月六日由宋君差人送来，每张价洋二十一元，大概可以说得上价廉物美吧，过了两天住在附近草厂大坑的朱遏先君来访，看见了觉得很好，也照样的去买了一张，这正可以证明榆木床之有目共赏了。

一五 《肥皂》

《肥皂》这篇故事里的人物重要的有四铭和他的卫圣道讲风雅的同志何道统和卜薇园，此外是四铭的妻子和儿女，这些人我都不知道有没有模型，所以无可说的。地点也不明白，从四铭的儿子学程小名拴儿这一点看来，可能这是北京，因为这种小名是北方所独有，“拴”字解作“系缚”，取留住之意。但是本文起头说四铭太太正在斜日光中背着北窗和她八岁的女儿糊纸锭，这又表明是南方风俗，或是就是东南地方也只在绍兴才是普通吧。在乡下这叫作“糊银锭”，本来是尼姑以及住在庵里带发修行的老太婆们的工作，但在一般旧式人家（这自然是民国以前的情形），有些主妇们也买了锡箔来自己糊，比起买现成的来，既是省钱，也好看得多。

制造锡箔是很繁重的工作，虽然事属迷信，但关于工作这总是事实。用叫作“点铜”的最好的锡，用人力逐渐锤薄，又经过女工的种种操作，成为大小的锡箔纸，这些程序太专门了，我不能懂，懂了之后记下来也可以成为一本小册子，所以只好不说。现在只说人家去买了锡箔纸来，在家里怎么把它糊成银锭这一段事。锡箔纸大小一扎，称为“一作”，不晓得多少张，只知道锡纸两种，大的长约市尺四寸，宽三寸半；小的长宽各一寸半，这里暂称作“甲一”“甲二”。又黄色毛头纸两种，大的比甲一要窄一寸多，却要长出半寸；小的比甲二周围都缩二分，称作“乙一”“乙二”。制法第一步先用棕刷把薄浆糊敷在甲一的背面，在正中间褙上乙一，左右两旁各馀剩一部分，交给助手去把那两部分反贴在乙一的那背面，摊在竹筛上去晾干。其次是浆糊刷在乙二上，贴在甲二背面正中，交给助手趁锡纸潮湿的时候，放在刻有螺纹的圆木戳上，举起右掌用力拍下去，让螺纹印在纸上面，揭下后同样的晾干。第二步等甲一干透了，用剪刀铰去上端多馀的毛头纸，再三分截断，若干纸为一叠，在长的两端和宽的两边都适宜的向内加以拗折，留存待用。第三步便是糊的一段落了。那拗折过的三分之一的甲一是底，印有螺纹的甲二即是面，糊在一处就成为银锭了。主妇用小棕刷把浆糊敷在甲二的背面四周，助手接过去复在略如船形的底下，先叫上下两边与底相粘合，再翻转过来用手指拨动左右两边，贴在底下，这就成功了。第四步是将晾干的银锭用棉线穿起来，交互的排列，使得两边的底相向，表面都向着外边，左右各二十五，一串是五十个，上头留着一条长线，六串以上总结起来，称为“一球”，银锭大概起码是三百，多至六百八百，也有二百一球的，那用在祭祀便要算缺少敬意了。在糊银锭的工作中，小孩所能担任是印螺纹的这一件，其馀都要多少练习才行，其中最难的要算拗折底子，因为那是决定式样的，若是深浅不适中，糊出来的银锭样子也就不好看了。

一六 《长明灯》

《长明灯》也是一篇写狂人的小说，但是我们的兴趣却是在于茶馆里和四爷的客房里的那一群人的身上。吉光屯社庙的长明灯是从梁武帝那时候点起的，若是灭了，那里就要变海，大家都要变成泥鳅，这一类的迷信可能在什么地方存在，但是我却是不知道。狂人把什么东西看作象征，是一切善或恶的根源，用尽心思想去得到或毁灭它，是常有的事，俄国迦尔洵（一八五五至一八八八）有一篇小说《红花》，便是写一个狂人相信病院里的一朵红花是世界上罪恶之源，乘夜力疾潜出摘取，力竭而死，手里捏着花，脸上露出满足的微笑。这里狂人的想熄长明灯，有点相像，但是不成功，被关到社庙的空屋里去了。

吉光屯的地理不明，从郭老娃和阔亭的名字看来，应当是在北方，鲁迅曾屡次说及北京或是河北人喜欢用“阔”字做名号，是南边所没有的。但是末尾小孩们猜谜，那个鹅谜却是道地的绍兴儿歌，不但是“白篷船，红划楫，摇到对岸”云云，是水乡特有的风物，下文“点心吃一些，戏文唱一出”（原来是一只）的“戏文”，也都是方言，不过这些也不可以拘泥，因为这里并不是重在写实。吉光屯茶馆里的一群人，和《药》里所写府横街茶馆的大概还是一路，这里写得更畅，可以补前回的不足。乡下的茶馆实在也值得写，只是很不容易，若不是自己“泡”在那里有过相当的日月，难得把握住里边的空气，在旁观的立场上也只能写得那么样罢了。

其中茶馆女主人所说的话略有根据，如她对庄七光说：“那时你们都还是小把戏呢，……便是我，那时也不这样。你看我那时的一双手啊，真是粉嫩粉嫩……”说过这话的原本是单妈妈，便是说到阴司间要去锯解的人，原本说是“嫩其其”的，鲁迅当时很觉得可笑，所以事隔多年，终于用作材料，但是与灰五婶的前后的话是别无什么关系的。为什么名字叫作灰五婶，这个理由我们不能明白，这里只好缺疑。“捏过印把子”的这句也是乡下俗语，但恐怕各处都是通行，并不只是限于一地方的吧。

一七 《示众》

我们看《示众》这个题目，就可以感觉到著者的意思，他是反对中国过去的游街示众的办法的，这在《呐喊·自序》和《阿Q正传》末章里可以看得很清楚。他对于中国人的去做示众的材料和赏鉴者都感到悲愤，但是分别说来，在这二者之间或者还是在后者方面更是着重吧。在这篇《示众》里，他所写的那材料很是轻微，大概只是一个窃盗或诈骗的流氓，究竟也不曾说明，因为那白布背心上的字虽然有人朗诵，但“嗡、都、哼、八、而”云云，读者仍旧不明白这字的意义，可是赏鉴者那一群却写得很详细。这些可能都有模型，但是不能指出来说谁是张三，谁是李四，因为这同时又是类型，在社会上很容易碰着，特别是以前的北京，本文劈头就声明是首善之区的西城的一条马路上，也是很有理由的。

我们依照登场的次序列举出来，有馒头铺门口叫卖的胖孩子，秃头的老头子，赤膊的红鼻子胖大汉，抱孩子的老妈子，头戴雪白的小布帽的小学生，工人似的粗人，挟洋伞的长子，嘴张得很大像一条死鲈鱼的瘦子，吃着馒头的猫脸，弥勒佛似的圆脸的胖大汉，就是馒头铺的主人，来一记嘴巴将胖孩子叫回去的，车夫，戴硬草帽的学生模样的人，满头油汗的椭圆脸，一总共有十三个人。这里边除了小学生和工人，学生模样的人这三个看了就走以外，都是莫明其妙的在逗留赏鉴，直到一个洋车夫摔了一跤，路人同声喝彩起来，这一群才散开，错错落落的走到那边去了。看示众和跌跤喝彩是同一性质的事情，这里那么的结束，在著者也是很有意义的，但在过去社会上却是实在常有的，因此这说是写实倒是很可以的吧。

一八 《高老夫子》

高老夫子本名高干亭，朋友们叫他老杆，与老钵和黄三是一伙儿，专门一同打牌、看戏、喝酒、跟女人，但是会得写几句洋八股，提倡国粹，得了社会上的称赞，他便追随俄国文豪高尔基改名为高尔础，同时被贤良女学校聘为历史教员，于是他便由老杆一跃而变为高老夫子了。在贤良女学校里是另一伙儿，高老夫子遇见的大概是女校长的老兄、教务长万瑶圃，在盛德乩坛上与什么仙子唱和，别号“玉皇香案吏”的，这种雅号现今看了觉得稀奇古怪，但在以前在文人名士中间却是很普通，有的称为“几生修得到客”，清末民初都实有其人，曾经活跃过一时的。著者把这两群人分开来写，但有地方也加上一点连络，是颇有意思的事。

万瑶圃见到高老夫子，“连连拱手，并将膝关节和腿关节接连弯了五六弯，仿佛想要蹲下去似的”。

础翁夹着书包，自然也照样的做。等到上了半堂课，觉得教不下去，深感到世风之坏，决心辞职，戴上红结子的秋帽，走向黄三家去，合谋局赌，在准备做猪的富翁儿子进来的时候，“满屋子的手都拱起来，膝关节和腿关节接二连三的屈折，仿佛就要蹲了下去似的”。这重复不是偶然的，它表示出他们同样的作风，是一伙儿的人物，但这种描写也并不随便乱说，实在有所根据，虽然看起来似乎可笑，像是虚构的讽刺。在乡下有些浮滑少年的队伙里，常有这一类的动作，著者所说大概就是从经验得来，因为在表弟兄中间有一位姓赵的，是鲁老太太的从姊的儿子，乃是赵之谦的本家兄弟行，他的作揖就是那么样的。他号叫容孙，人颇漂亮，很早就搞照相，也能说话，有一回同鲁老太太谈话，外边病痛很多，他说“可不是么，今年人头脆”，这句警句她后来时常提及。他在表兄弟中年岁最长，有人就受了他的影响，如大舅父家的延孙即其一人，著者那么写时可能有他们的影象出现在他的眼前吧。

一九 《孤独者》

《孤独者》这篇小说在集里要算最长，共有五节，写魏连殳后半生的事情。这主人公的性格，多少也有点与范爱农相像，但事情并不是他的，而且除了第一段是著者自己的事情以外，也不能知道有什么人是模型，这小说作于一九二五年，我们约略点查著者的朋友，似乎那中间找不着这样的人，因为他那时的旧友我们是大概可以知道的。

现在只就所知道的部分来说，第一节里魏连殳的祖母之丧说的全是著者自己的事情。我们先来根据本文，说他在S城教书，家在寒石山，离城有旱路一百里，水路七十里，家里只有一个祖母，病重时打发专差去叫，但在他到家以前祖母已经咽了气了。族长、近房、他的祖母的母家的亲丁、闲人，聚集了一屋子；筹划怎样对付这承重孙，因为逆料他关于一切丧葬仪式是一定要改变新花样的。聚议之后大概商定了三大条件，要他必行，一是穿白，二是跪拜，三是请和尚道士做法事。总而言之，是全都照旧。哪里晓得那从村人看来是同他们都异样的，那“吃洋教的新党”听了他们的话，神色一点都不动，简单的回答道：都可以的。大殓之前，由连殳自己给死者穿衣服：

> 原来他是一个短小瘦削的人，长方脸，蓬松的头发和浓黑的须眉占了一脸的小半，只见两眼在黑气里发光。那穿衣也穿得真好，井井有条，仿佛是一个大殓的专家，使旁观者不觉叹服。寒石山老例，当这些时候，无论如何，母家的家丁是总要挑剔的；他却只是默默地，遇见怎么挑剔便怎么改，神色也不动。

入殓的仪式颇为繁重，拜了又拜，女人们都哭着念念有词，连殳却始终没有落过一滴泪，只坐在草荐上，两眼在黑气里闪闪的发光。大殓在这惊异和不满的空气里面完毕，大家都怏怏的似乎想走散，但连殳还坐在草荐上沉思。

> 忽然，他流下泪来了，接着就失声，立刻又变成长嚎，像一匹受伤的狼，当深夜在旷野中嗥叫，惨伤里夹杂着愤怒和悲哀。这模样，是老例上所没有的，先前也未曾预防到，大家都手足无

措了，迟疑了一会，就有几个人上前去劝止他，愈去愈多，终于挤成一大堆。但他却只是兀坐着号咷，铁塔似的动也不动。

这一段写得很好，也都是事实，后来鲁老太太曾说起过，虽然只是大概，但是那个大概却是与本文所写是一致的。著者在小说及散文上不少自述的部分，却似乎没有写得那么切实的，而且这一段又是很少有人知道的事情，所以正是很值得珍重的材料吧。

二〇　祖母

鲁迅于清宣统己酉（一九〇九年）从东京归乡，在杭州的两级师范学堂当教员，祖母殁于次年庚戌，等到病重打电报去回来已不及见面了。绍兴从西郭门至萧山的西兴镇为一站，水路九十里，渡过钱塘江就是杭州了，在汽车、火车没有的时候，须要花费一天半的工夫。本文中说连殳在城里，离家有水路七十里，旱路一百里，在事实上却有点不合，因为从县城出发，水旱路算在一起，只有西乡临浦有一百二十里，此外无论向着哪里走，离县城八九十里，便是邻县的地方了。西北往西兴镇，自城至“刘宠选钱”的钱清七十里，是本县界内，过此也是萧山县属，至于多有旱路的山乡，那大都是在南面，在西南边界的有名的日铸岭，也只是八十里的距离罢了。那寒石山的距离显然只是代表杭绍的，那地方也别无特殊的色彩，看去还是与城内差不多。那一年我还没有回国，所以关于祖母的丧事并无什么见闻的事情可以补充，却是相反的引了本文来用，这经过证明，相信是合于事实的。现在只就祖母的生涯略加说明，她母家姓蒋，住在陆放翁故居所在的鲁墟，是介孚公的后妻，也是伯宜公的继母。伯宜公的生母姓孙，本文说："他三岁时候就死去了。"这个岁数我不知道准确否，但他生于咸丰庚申（一八六〇年），他的异母妹生于同治戊辰（一八六八年），比他小八岁，那么大概的年岁也可以知道，至多不过四五岁吧。关于孙太君，本文第三节中有一段描写，说小时候正月里悬挂祖像，盛大的供养起来，看着这许多盛装的画像，在那时似乎是不可多得的眼福：

> 但那时，抱着我的一个女工总指了一幅像说："这是你自己的祖母。拜拜罢，保佑你生龙活虎似的大得快。"我真不懂得我明明有着一个祖母，怎么又会有什么"自己的祖母"来。可是我爱这"自己的祖母"，她不比家里的祖母一般老；她年青，好看，穿着描金的红衣服，戴着珠冠，……我看她时，她的眼睛也注视我，而且口角上渐渐增多了笑影，我知道她一定也是极其爱我的。

这里也影射出蒋太君做继母的不幸的生涯，她自己没有儿子，只生了一个女儿，出嫁后却又早死了，在一群家人中间孤独的生存着，这景况是很可悲的。那女人可能是阿长，她是一直看管前妻的儿女的，自然与后妻对立着，直到末了她的工作是在于这一方面的。但是造成祖母的不幸生活的还有一个大原因，这里因为没有关系，所以不曾说及，这即是她的被遗弃。她的生活是很有光荣的，她是“翰林太太”，也到知县衙门去上过任，可是后来遗弃在家，介孚公做着京官，前后蓄妾好些人，末后带了回去，终年的咒骂欺凌她，真是不可忍受的。在《百草园》中已有两节文章讲到她的事情，这里就不再多说了。

二一　斜角纸

本文中所说给死人穿衣服，是乡下的一种特殊的习俗，或者与别处不尽相同，在《百草园》中曾有说明，现在也从略了。本文第五节说到魏家的丧事，有几点也是乡下的习俗，如说门外贴着一张“斜角纸”，这至少是北方所没有的。斜角纸用国语当云“殃榜”，主要的目的是标明死者的“殃”或云“煞”的种类日期，以便躲避，可是后来却成为死丧的一种标示，看的人知道死者的性别和年岁，入殓时避忌那些生肖的人，虽然关于转煞的事也写在上面。这是由专门家来推定，应当是北方所谓“阴阳生”这种人吧。可是乡下的名称却记不得了。这贴在丧家的门口，男左女右，照例是斜贴的；所以有“斜角纸”的名称，到入殓后便揭下来烧掉了。入殓时避忌的生肖是四个一组，如本文中所说的“子、午、卯、酉”，此外两组乃是“辰、戌、丑、未”与“寅、申、巳、亥”，严格的讲是在敲棺钉的时候，须要躲开，不可听得见那声音，但是有些都在盖棺时就早退去了。

“斜角纸”即“殃榜”上计算转煞的方法，据《越谚》卷中说：系用死日干支依鬼谷子算法，甲巳子午九，低次退数至五或四，如癸巳日干五支四，合而为九，名“九尺煞”，最凶；甲子日干九支九，合为十八，名“丈八煞”，最善，其日期亦按数计算，如“九尺煞”在死后九日，“丈八煞”为第十八日：

> 其神人首鸡身，遇之冲死，依期由丧家灶囱而下，儿孙避宿柩边，道士念经灵前。房灶皆设祭，往往祭肴吃动，灰仓有爪印，倾殓时浴水处起煞，戌来子去，道士左执雄鸡簸箕，右敲秤杆逐之，儿孙遂各归寝。

关于转煞的事，自《颜氏家训》以后说的不少，这要算是最近也最详的了，本文中虽未讲到，但“殃榜”上照例写有裍高一丈几尺，所以这里连带的说明，或者这种习俗渐将澌灭，“斜角纸”的名称也要不易懂得了。

二二　本家与亲戚

上面所引本文里说到聚集来筹画丧事仪式的人，有族长、近房、祖母的母家的亲丁、闲人等。这些都该实有其人，那时的族长，实在只是覆盆桥周氏这一派的房长，是致派勇房的飏园，通称熊三老爷，系第十二世，鲁迅的叔祖辈，他为人最和平，平常与人无忤，所以是不大会起什么作用的。近房则立房早已断绝，诚房也只有子传太太，著者在《朝华夕拾》中称为衍太太，仿佛是西太后一路的人，很可能有些主张，但是最重要的当然要推祖母的母家的亲丁了。这人推想起来当是蒋氏大房的叔田，本来还有二房的伯厚，但那时恐已不在，这是祖母的内侄，他不比伯厚那么迂执，但是有点尖刻，有点好作弄人的样子，又加是"娘家人"的立场，其要出花样也正是当然的了。

大抵中国过去家庭中，夫妇姑媳的关系不大弄得很好，这时女人的倚靠便只有她的娘家人，在受欺侮时固然也是必要，可是日久成为不成文法，有时小题大作，或节外出枝的也并不是没有，如把尸斑认为伤痕，加以研究争论等事。这回大概也有类似的苛细的指摘，最初由著者忍耐沉默的对付过去了，等到事情平定之后，乃来了那惊天动地的大号恸，于是一场窒息的空气如像在雷雨过后忽然的都被打破了。至于闲人，大抵也可能有，不过无从加以实指。第二节末了连殳说：

> 我父亲死去之后，因为夺我屋子，要我在笔据上画花押，我大哭着的时候，他们也是这样热心的围着使劲来劝我。

或者是他们也可能，但那位本家长辈在戊戌年却已死了，关于这事这里不再来说，因为在《百草园》中已有说及了。

二三 《伤逝》

《伤逝》这篇小说大概全是写的空想，因为事实与人物我一点都找不出什么模型或依据。要说是有，那只是在头一段里说：

> 会馆里的被遗忘在偏僻里的破屋是这样地寂静和空虚，已经满一年了。事情又这么不凑巧，我重来时，偏偏空着的又只有这一间屋。依然是这样的破窗，这样的窗外的半枯的槐树和老紫藤，这样的窗前的方桌，这样的败壁，这样的靠壁的板床。

第二段中又说到那窗外的半枯的槐树的新叶，和挂[①]在铁似的老干上的一房一房的紫白的藤花。我们知道这是南半截胡同的绍兴县馆，著者在民国初年曾经住过一时的，最初在北头的藤花馆，后来移在南偏的独

【锺校】

①“挂”原作“树”。

院补树书屋，这里所写的槐树与藤花，虽然在北京这两样东西很是普通，却显然是在指那会馆的旧居，但看上文“偏僻里”云云，又可知特别是说那补树书屋了。在《百草园》中有《补树书屋旧事》一篇，说的较为详细，今不复赘，现在只是说明本文中所说的破屋大概是什么地方，或是那地方的影子罢了。至于这地方在本文中没有什么重要意义，说不说明本来并无关系，所以我们上面的话对于读者是无甚用处的。但是我们的目的是在讲说人地事物，在这里只有地点可说，便来说几句，真如成语所谓“聊以塞责”而已。

二四 《弟兄》

关于这篇故事，我没有别的什么考证，只是说这主要的事情是实有的。我在这里且摘民国六年（一九一七）旧日记的一部分，这是从五月八日起的：

八日：晴。上午往北大图书馆，下午二时返。自昨晚起稍觉不适，似发热，又为风吹少头痛，服规那丸四个。

九日：晴、风。上午不出门。

十一日：阴、风。上午服补丸五个令泻，热仍未退，又吐。

十二日：晴。上午往首善医院乞诊，云是感冒。

十三日：晴。下午请德国医生格林来诊，云是疹子，齐寿山君来为翻译。

十六日：晴。下午请德国医生狄博尔来诊，仍齐君译。

二十日：晴。下午招匠来剪发。

廿一日：晴。下午季茀贻菜汤一器。

廿六日：晴、风。上午写日记，自十二日起未写，已阅二星期矣。下午以小便请医院检查，云无病，仍服狄博尔药。

廿八日：晴。下午得丸善十五日寄小包，内梭罗古勃及库普林小说集各一册。

我们根据了前面的日记，再来对于本文稍加说明。那地方是绍兴县馆，本文中称为同兴公寓，但是那“高吟白帝城”的对面的寓客却是没有的，因为那里是个独院，南边便是供着先贤牌位的什么仰蕺堂的后墙。其次普悌思大夫当然即是狄博尔，据说他的专门是妇科，但是成为名医，一般内科都看，讲到诊金那时还不算顶贵，大概出诊五元是普通，如本文中所说。意大利的儒拉大夫要十二元，却有流氓之称，后来中国有一位林先生，向他看齐，晚上十点后加倍，那只可算是例外了。请中医来看的事，大概也是有的，但日记上未写，有点记不清了，本文加上一句“要看你们府上的家运”的话，这与《朝华夕拾》中陈莲河说的“可有什么冤愆”互为表里，著者遇到中医是不肯失掉机会不以一矢相加遗的。其三，医生说是疹子，以及检查小便，都是事实，虽然后来想起来，有时也怀疑这恐怕还是猩红热吧。枉长白大到三十几岁，没有生过疹子，事情也少有，而且那红疹也厉害得很，连舌头都脱了皮，是很特别的事。那时适值有人送一碗汤来，吃得特别鲜美，为生平所未有，日记上说是廿一日，正是发病后两星期了。其四，本文中说取药来时收到“索士寄来的”一本《胡麻与百合》，事实上乃是两册小说集，后来便译了两篇出来，都登在《新青年》上，其中库普林的《皇帝的公园》要算是顶有意思。本文中说沛君转脸去看窗上挂着的日历，只见上面写着两个漆黑的隶书：廿七。这与日记上所记的廿八只是差了一天。

二五 《离婚》

在这篇故事里，只有关于地与人，我们可以来说几句话。庄木三父女从木莲桥头坐航船，据船里的人的口气，这船是从乡间往城里去的，但他们的目的地乃是庞庄，这只有两段路，因为木莲桥头过去是汪家汇头，再其次便是庞庄了。木莲桥本来是东郭门内的地名，即在春波桥之东，但这里算作海边的一村，如汪得贵恭维老木，说木叔的名字“这里沿海三六十八村，谁不知道”，所以该在旧会稽属的东北方面了。庞庄是什么地方，很不容易推测，而且本来似乎也没有研究的必要，但是这里却有一点线索，所以不妨推测一下，这大概是吴融吧。吴融本是唐朝的一个诗人，据说他的故居是在这村里，所以留下这个名称，一直传到现在。本文中说庞庄快到了，那村口的魁星阁已经望得见。著者的大姑母嫁在吴融的马家，每年去拜新年，坐了半天船，一望见魁星阁就知道要到了，起手准备换着礼服，即是清代的袍褂，讲究一点还要穿上一双缎靴。这种魁星阁各处多有，大抵是在河道拐弯的地方，或是什么桥头，想必是有什么风水作用吧，但吴融的一个特别留下记忆，因为曾经多年作为一种目标，所以更是稔熟了。

再从人的方面来说，也可以看出一点联络。七大人是一个土豪劣绅，不必有一定的模型，但在这里我们猜想可能是含有著者的姑丈章介千的影子。事实上他是三大人，是道墟的土皇帝，新年往来看他穿着顶戴，捐有什么府道衔吧，与当时做了很久的会稽县知县俞凤冈顶要好，本文中说大的圆脸上长着两条细眼和漆黑的细胡须，说的也正对。小说里所写的十足的官派固然说的是他，但是关于玩汉玉的一节那却是属于别人，而其实又与吴融有关系的。这人是章采彰，也是道墟人，当然是介千的本家，但我们遇见他却是在吴融，因为他也是马家亲戚，新年上总是在同一天来聚会的。他相貌颇魁梧，只是有一只眼睛有点毛病，很能喝酒谈天，我们称他为采彰伯，都有点喜欢他，因为席上有他就不寂寞。他爱玩汉玉，总戴着一只班指，有时拿出别的玉器来谈论，主客都热心的静听。本文中说七大人拿着一条烂石似的东西，在自己的鼻子旁擦了两下，说道：“这就是‘屁塞’，就是古人大殓的时候塞在屁股眼里的。”这正是那时的谈话，著者记忆了二三十年之久，便将它利用在这末篇的小说里了。

这样说来，七大人里边混合有章介千、采彰两人，庞庄则是吴融，大概可以说得过去，虽然这些在整个故事上别无什么关系，我们这些考据只是关于著者可以有点说明罢了。

二六 拆灶

本文中还有几点乡间的习俗，或者应当稍为说明。其一，八三说，去年我们将他们（庄木三的女婿家）的灶都拆掉了，总算已经出了一口恶气，又汪得贵说，去年木叔带了六位儿子去拆平了他家的灶，即是拆灶的一件事在乡间的意义。从前听安桥头鲁家的一个亲戚，有着蜑船的“姚嘉福江司”（海边人的尊称）说过海村械斗的情形，以拆灶为终结。无论是家族或村庄聚众进攻，都是械斗的性质，假如对方同样的聚众对抗，便可能闹大，但得胜者的目的不在杀伤，只是浩浩荡荡的直奔敌人家去，走到厨下，用大竹杠通入灶门，多人用力向上一抬，那灶便即坍坏，他们也就退去了。似乎灶是那一家的最高代表，拆了灶便是完全坍台，如要恢复名誉，只有卷土重来，进行反攻，否则有人调停，即是屈服和解了。其次是庄木三在烟管上装了旱烟，旁人从肚兜里掏出一柄打火刀，打着火绒，给他按在烟斗上，木三点头说："对对。"这在乡间是很普通的事，特别是拿了烟管吸着烟的人，两个烟斗相对去点火的时候，习惯都是那么的说。这或者如原注所说，"对不起对不起"之略，但多在烟管点火或斟酒的时候，用这简略的形式，别的时候也并不然，不知道是什么缘故。其三是骂人的话，如逃生子、贱胎、娘杀、娘滥十十万人生，皆是。方言称女人私通为"滥人"，其馀也不悉解释了。

二七　狗

《朝华夕拾》的著作年月是在《彷徨》之后，接下去也想写些衍义的文章，但是翻看一遍，觉得没有什么可说，因为去年所写的《百草园》差不多可以说是"朝华夕拾衍义"，要说的话已有十之八九都写在那里了。话虽如此，遗漏的部分也还有些，就把它写了出来，反正并不多，不再另立题目，附在这里，大概有几节未能预定，也就写到哪里是哪里罢了。

第一篇文章的题目是《狗·猫·鼠》。可是文章的内容实在是说的猫和老鼠，这里和《呐喊》里的那篇《兔和猫》有点关系，著者要说明他的"仇猫"的原因，但是描写的重心却还是落在老鼠的身上。至于狗，那实在是陪客，恐怕因了那张打落水狗图而引出来的。这与本题本文没有多大关系，但在著者写本文的那时候却是很有意义，我们在这里不得不费点工夫来略为说明一下。一九二五年秋天，许寿裳辞了北京女师大校长之职，推荐杨荫榆继任，因为听说她是个教育专家，美国留学回来的，可是与学生们相处得很不好，为她们所反对，她也不肯干休，相持不下。教员方面听到校长高压的手段感觉不满，鲁迅等人便在《语丝》周刊上有些批评的文字，在那一方面有“研究系”的《晨报》和北大一部分教授所办的《现代评论》出来对敌，成为一个长时期的争斗。办《现代评论》的人都是留英美学生，大部分住在东吉祥胡同，在北大称为“东吉祥系”，在刊物上的代言人则是陈源教授，他用西滢的笔名，每期在《闲话》的总题下，冷嘲热讽，旁敲侧击的说话。他所说的很多，最有名的是说女师大风潮有教员在内挑拨，却说是“挑剔风潮”，这已成为典型的警句了。《晨报》则天天给“东吉祥系”鼓吹，说有许多正人君子，名人名教授，组织公理维持会，主持正义，拥护杨校长，这些文句后来也常见于鲁迅的文章中，也有古典的性质了。杨荫榆去职后，有人劝告停止论争，鲁迅却主张要彻底的干，便是落水狗也还要打，因为以前曾比那些名人为叭儿狗，所以这话说得有点双关，有人还画为漫画，登在《语丝》上面。这回讲猫而连带的说狗，也就是趁[1]个方便，来发挥一通意见，在别篇中也是常常可以见到的。

【锺校】

① 原无“趁”字，今增。

二八　老鼠

本文说明著者仇猫的原因，即是在于爱老鼠：

> 这里边有几段很好的描写，其一是说花纸上的老鼠的。我的床前就贴着两张花纸，一是“八戒招赘”，满纸长嘴大耳，我以为不甚雅观；别的一张“老鼠成亲”却可爱，自新郎新妇以至傧相，宾客，执事，没有一个不是尖腮细腿，像煞读书人的，但穿的都是红衫绿裤。我想，能举办这样大仪式的，一定只有我所喜欢的那些隐鼠。

其次是说老鼠数铜钱的事：

> 老鼠的大敌其实并不是猫。春后，你听到它“咋！咋咋咋咋！”地叫着，大家称为“老鼠数铜钱”的，便知道它的可怕的屠伯已经光降了。这声音是表现绝望的惊恐的，虽然遇见猫，还不至于这样叫。

说也奇怪，老鼠遇见猫还会得逃跑，一看见蛇却震惊失常，欲走不能，欲叫不得，故急迫而咋咋（即是吱吱的入声）作声，犹人之口吃，只是竦立着，旋即被蛇所缠束住了。俞曲园在《茶香室续钞》中也说及鼠数钱，云俗云“朝闻之为数出，主耗财；暮闻之为数入，主聚财”，似不知此乃是它的绝命的悲号似的。中国旧日通行铜钱，交付时必须计数，除一五一十罗列几案或地上之外，大抵两手持数，亦以五文为一注，自右至左，钱相触有声，说及数钱便各意会，今铜钱已尽废，便比较的费解了。所说驯养隐鼠原系事实，但本文中说先听见它的数钱声则属于诗化分子，因为会得咋咋的叫乃是“大个子的老鼠”的事，那只有拇指那么大的是不可能那样发出大声来的。而且说大个子啮破了箱柜，偷吃了东西，不是小鼠的事，这也不全与事实相符，那种隐鼠虽是样子可爱，毁坏物件也很厉害，只是不能厉声咬木头而已。这又名“二十日鼠”，有地方相信它怀胎四星期就生产，一年里生四五窠，繁殖力很强，实在也是害虫之一。这在古书上称为“鼷鼠”，又称“甘口鼠”，啮人有毒，可是不觉得痛，现在已无此名，但入夜中偶被鼠咬，可能就是它们所干的事。

二九　阿长与《山海经》

关于阿长即长妈妈的事情，本文中说的很详细了，因为自从有知识以来我便跟着祖母，住在小堂前的东偏房内，和她一直是隔绝的，所以没有什么话可以补充来说。我于戊戌（一八九八年）夏从杭州回家，至辛丑（一九〇一年）秋往南京，在乡下一直住了三年间，己亥四月长妈妈因发癫痫卒于舟中，我都在场，这些事已另行记下，收在《百草园》里了。那木刻小本的《山海经》的确是她所送的，年代当然不能确说，可是也约略可以推得出来。本文中说这在隐鼠事件以后，但实在恐怕还在以前，因为驯养隐鼠是在癸巳（一八九三年）的次年，时代不很早了。小堂前以西的前后房原是伯宜公的住处，癸巳春介孚公丁忧回家，这才让出来给他，伯宜公自己移到东偏的末一间里去了。未几介孚公因科场事下狱，潘姨太太和介孚公的次子伯升也搬到杭州了，这大概是次年甲午的事，那房间便空闲着，鲁迅在那朝北的后房窗下放了一张桌子，放学回来去闲坐一会，养隐鼠就是在那里，这记忆很是明了，所以这事总不能比甲午更早。那时他已在三味书屋读书，也已从舅父家寄食回来，描画过《荡寇志》绣像，在那里见到了石印《毛诗品物图考》，不久也去从墨润堂书坊买了来，论年纪也已是十四岁了。那木刻小本的《山海经》，如本文所说，“这四本书，乃是我最初得到，最为心爱的宝书”，这完全是对的，但这时期应该很早，大概在十岁内外才对。著者因为上文有那隐鼠事件，这里便连在一起，这大抵是无意或有意的诗化，《小引》中所[1]说与实际内容或有些不同，正是很可能的。

【锺校】

① 原无“所”字，今增。

三〇 《山海经》与玉田

本文中说自己渴慕着绘图的《山海经》，这渴慕是从一个远房的叔祖惹起来的：

他是一个胖胖的，和蔼的老人，爱种一点花木，如珠兰、茉莉之类，还有极其少见的，据说从北边带回去的马缨花。他的太太却正相反，什么也莫名其妙，曾将晒衣服的竹竿搁在珠兰的枝条上，枝折了，还要愤愤地咒骂道："死尸！"(这是乡下女人骂人的常用语。) 这老人是个寂寞者，因为无人可谈，就很爱和孩子们往来，有时简直称我们为"小友"。在我们聚族而居的宅子里，只有他书多，而且特别。制艺和试帖诗，自然也是有的；但我却只在他的书斋里，看见过陆玑的《毛诗草木鸟兽虫鱼疏》，还有许多名目很生的书籍。我那时最爱看的是《花镜》，上面有许多图。他说给我听，曾经有过一部绘图的《山海经》，画着人面的兽，九头的蛇，三脚的鸟，生着翅膀的人，没有头而以两乳当作眼睛的怪物……可惜现在不知道放在哪里了。

上边所说的人是实在的，他属于致派下的仁房，与介孚公是同曾祖的兄弟行，小名蓝，鲁迅一辈称他为蓝爷爷，名兆蓝，字玉田，是个秀才，后来改从介孚公的“清”字排行，易名瀚清，字玉泉，别字琴逸，于戊戌夏病卒。他给予鲁迅的影响大概是很不小的，这里虽然说的只是关于图画的，但这也就延长及于一般书籍，由《点石斋丛画》和《诗画舫》，由《尔雅音图》和《毛诗品物图考》，不久转为《二酉堂丛书》和《六朝事迹编类》等了。玉田的遗书现在只有一部小本《日知录集释》，一册鲁迅手抄的《鉴湖竹枝词》，末尾小字写着“侄孙樟寿谨录”，可以知道他对于这老人的敬意，虽然在前一年丁酉催他在笔据上画花押（见《孤独者》第二节）的本来也就是这人，这时候似乎也暂时付之不论了。

三一　摇咕咚

《二十四孝图》这篇文章批评了这本莠书，如用了俞理初的话来说，乃是愚儒与酷儒的著作，但在中国过去却是教孝的经典，说是“有朱文公之称的”朱熹所编定的。著者重重的打击了老莱娱亲和郭巨埋儿这两件事，特别和图画连起来说，我们现在也只就这一点来谈一下吧。郭巨的不近人情，从前也有人批评过，老莱子在古书上只说是为亲取饮，上堂脚跌，恐伤父母之心，僵仆为婴儿啼，后人变本加厉，却说他是诈跌仆地，不但诈伪不道德，也实在很是肉麻。可是凑巧，在这两幅图画上有一个共同之点：

> 我至今还记得，一个躺在父母跟前的老头子，一个抱在母亲手上的小孩子，是怎样的使我发生不同的感想啊。他们一手都拿着摇咕咚，这玩意儿确是可爱的，北京称为小鼓，盖即鼗也，朱熹曰：“鼗，小鼓，两旁有耳，持其柄而摇之，

则两耳还自击，”咕咚咕咚的响起来。然而这东西是不该拿在老莱子手里的，他应该持一枝拐杖。现在这模样，简直是装佯，侮辱了孩子。我没有再看第二回，一到这一页，便急速的翻过去了。

摇咕咚是乡下小孩的玩具，这是很普通的东西，大概各地方都有，一定也有很好的名字，就只可惜我不知道，也要怪古来拿笔杆的多是正统文人，不曾给我们记录一点下来。小时候在书房里读《论语》，至《微子第十八》太师挚适齐这一章，一大班乐官风流云散，大有寂寞之感，可是在“播鼗武，入于汉”之下，读朱注那一段，又不禁微笑，因为那里解释摇咕咚形容得恰好，虽然平常不喜欢朱文公，这里也不无好感了。著者特地引他那一段注，大抵也是这个意思。但是这里我们却是有点上了当了。因为那几句原来是宋初邢昞的《论语疏》的话，他其实还是从汉末郑玄的《周礼注》里抄来的。上文只说到老莱子，还有郭巨的那一张画，本文云：

至于摇咕咚的郭巨的儿子，却实在值得同情。他被抱在他母亲的臂膊上，高高兴兴地笑着，他的父亲却正在掘窟窿，要将他埋掉了。

下文固然是“及掘坑二尺，得黄金一釜，上云‘天赐郭巨’”，但也可能是什么都不见，结果是“连‘摇咕咚’一同埋下去，盖上土，踏得实实的，又有什么法子可想呢?”这两件可以说是摇咕咚的悲剧和喜剧，想起来实在是很有意义的，就只是以前少有人注意罢了。

三二　东关

五猖会究竟是怎么一回事，我全不知道，只知道东关地方有五猖庙，一年要有一回迎会，非常热闹。东关在东郭门外，离城七十里，在运河的东头，只隔十里便是曹娥，过江是上虞县界了。往这样远隔的地方，花费三两天工夫，雇了船只，备了伙食，前去看会，是不大可能的事，但这一回却是特别的，因为有特别的机缘。著者的小姑母就是祖母蒋太君的女儿，嫁在东关金家，有一年来叫她内侄去看五猖会，所以能够去，年代也约略可以有个估计。她生于同治戊辰（一八六八年），在光绪壬辰（一八九二年）生了一个女儿，于甲午（一八九四年）去世。出嫁年分大概是在己丑或庚寅，因为她人很和蔼，内侄们非常喜欢她，在她上轿的时候他们还嚷着要跟了去，这事我后来记忆着，因此推算那时总该有六七岁了吧。若是己丑，可能庚寅来邀看会去，那时鲁迅当是十岁，本文说是七岁的时候，那该是丁亥年，她出嫁当是前一年丙戌，那么我还不到满两岁，便不可能有什么记忆留存下来了。

我们可以推想，本文那么说乃是为得背诵《鉴略》的方便，因为那“粤自盘古生于太荒”很是好玩，十岁时便至少读的是《论语》了。还有一层，去看会的只是鲁迅一人，七岁的时候也便不可能，乡下一般家风到出嫁的女儿家去的只有兄弟最是合法，自然内侄也行，至于乡下亲妈上城里，或是翻转过去，都是有点可笑，那时伯宜公既然不去，去的自然只是他和长妈妈或是闰土的父亲而已。本文说船椅、饭菜、茶炊、点心合子，都搬下船去，好像是准备阖家去看的样子，实在只是要写得热闹，后面也就没有提及了。背书这一节是事实，但即此未可断定伯宜公教读的严格，他平常对于功课监督得并不紧，这一回只是例外，虽然他的意思未能明了。

三三　迎会

本文中关于五猖会的情形什么也没有写，但是在前面却说到普通的迎会，这大概就是在东昌坊口所看见的：

> 开首是一个孩子骑马先来，称为“塘报”，过了许久，“高照”到了，长竹竿揭起一条很长的旗，一个汗流浃背的胖大汉用两手托着，他高兴的时候，就肯将竿头放在头顶或牙齿上，甚而至于鼻尖。其次是所谓“高跷”“抬阁”“马头”了，还有扮犯人的，红衣枷锁，内中也有孩子。

这里可以略加补充。诸神照例定期出巡，大约以夏秋间为多，通称迎会，出巡者普通是东岳、城隍、张老相公即海神，但有时也有佛教方面的，如观音菩萨。迎会之日，在城内先挨家分神马，午后各铺户于门口设香烛以俟。会伙最先为开道的锣与头牌，次为“塘报”，继以“高照”即大纛，高可二三丈，用绸缎刺绣，中贯大毛竹，一人持之行，四周有多人拉纤或执叉随护，重量当有百馀斤，而持者自若，时或游戏，放着肩际以至鼻上，称为“嬉高照”。有“黄伞”制亦极华丽，不必尽是黄色，但世俗如此称呼，此与“高照”同，无定数，以多为贵。次有音乐队，名曰“大敲棚”，木棚雕镂如床，上有顶，四周有帘幔、流苏，棚四角有人肩舁以行，乐人在内亦且走且奏乐，乐器均缚置棚中。昔时有“马上十番”，似早已不用，未曾见过。有“高跷”，略与他处相同，所扮有滚凳、活捉张三，皆可笑，又有送夜头一场，一人持栊筛，上列烛台酒饭碗，无常鬼随之。无常鬼有二人，一即活无常，白衣高冠，草鞋持破芭蕉扇；一即死有分，如《玉历钞传》所记，民间则称之曰死无常。活无常在这里乃有家属，其一曰活无常嫂嫂，白衣敷脂粉，为一年青女人，其一曰阿领，云是拖油瓶也，即再醮妇前夫之子，而其衣服容貌乃与活无常一律，但年岁小耳。此一行即不在街心演作追逐，只迤逦行来，亦令观者不禁失笑。抬阁饰小儿女扮戏曲故事，或坐或立，抬之而行，又有骑马上者，古时皆以成人扮演，后来则只用少年男女，大抵多是吏胥及商家，各以衣服装饰相炫耀，旧家子女少有参加者。若出巡者为东岳或城隍，乃有扮犯人者，但据范寅《越谚》所说，似在张老相公出巡时亦有之。随后乃是“提炉队”，多人着吏服提香炉，焚檀香，神像即继至，坐显轿，从者擎遮阳掌扇，两旁有人随行，以大鹅毛扇为神招风。神像过时，妇孺皆膜拜，老妪或念诵祈祷，馀人但平视而已。其后有人复收神马去，殆将聚而焚送，至此而迎会的事就完毕了。

上文是十年前所写《关于祭神迎会》中的一节，后面说到水乡的划龙船，是那里迎会的重要节目，因为与本文无关，所以也就略掉了。

三四 《无常》

这篇说活无常的绝妙的好文章乃是从五猖会引申出来的，因为起首讲的便是迎会的情形：

迎神赛会这一天出巡的神，如果是掌握生杀之权的……就如城隍和东岳大帝之类，那么他的卤簿中间就另有一群特别的脚色：鬼卒，鬼王，还有活无常。这些鬼物们，大概都是由粗人和乡下人扮演的。鬼卒和鬼王是红红绿绿的衣裳，赤着脚，蓝脸，上面又画些鱼鳞，也许是龙鳞或别的什么鳞罢，我不大清楚。鬼卒拿着钢叉，叉环振得琅琅地响，鬼王拿的是一块小小的虎头牌。据传说，鬼王是只用一只脚走路的；但他究竟是乡下人，虽然脸上已经画上些鱼鳞或者别的什么鳞，却仍然只得用了两只脚走路。所以看客对于他们不很敬畏，也不大留心，除了念佛老妪和她的孙子们……

这些鬼卒，记得小时候听见人家叫作海鬼，那么他们或者与水族有关也未可知，这是脸上有鱼鳞的原因吧。下文说到活无常道：

> 至于我们，——我相信，我和许多人——所最愿意看的，却在活无常。……只要望见一顶白纸的高帽子和他手里的破芭蕉扇的影子，大家就都有些紧张，而且高兴起来了。

关于他的形状和行动，本文里说得很详细，后记的附图中间还有一幅著者所作的略画，描写出他所看见的与书本不同的特别的印象。他在小时候描画过许多绣像以及各种画本如《诗中画》等，但是自己所画的还只有这一幅，所以也是很可珍重的，可惜的是这只表现出“那怕你铜墙铁壁”这一时的神气，那蹙紧双眉，捏定破芭蕉扇，脸向着地，鸭子浮水似的跳舞起来那种更特殊的场面却未能画了出来。但是本文中在“大戏”里出现的活无常的描写实在很是出色，真足够做他永久的纪念，此外只有一篇《女吊》可以相比，那是写大戏里的“跳吊”的，虽然是收在《且介亭杂文末编》中，写作的年代大约已经相差得很有点远了。

三五　《百草园和三味书屋》

《从百草园到三味书屋》这篇文章篇幅不长，可是内容很丰富，解说起来须要几倍长的字数才成，现在我们却不来这样做，因为我在《鲁迅的故家》里的《百草园》里已经写了若干节，大概都说过了。这里便是说明一句就算了，关于园可看《百草园》第四至第十节，关于书屋看第三七至四一节，又参考《园的内外》第九至十二各节。

【附记】 关于三味书屋名称的意义，曾经请教过寿洙邻先生，据说古人有言，“书有三味”，经如米饭，史如肴馔，子如调味之料，他只记得大意如此，原名以及人名已忘记了。又说：那四字原是梁山舟手笔，文曰“三馀书屋”，经他的曾祖改名“三味”，将“馀”字换去，但如不细看，也并看不出什么挖补的痕迹。

三六　《父亲的病》

关于伯宜公的病，《百草园》内有第六二节《病》，以及《园的内外》第十四节《三个医生》，都已说及了。那一篇《病》本来应当列为第三一节，误排在后面，所以与前后没有什么联络。这里要补充的只是伯宜公的生卒年月，他生于清咸丰庚申（一八六〇年）十二月二十一日，卒于光绪丙申（一八九六年）九月初六日，年三十七岁。

三七　S城人

《琐记》一篇里所说的事可以分作前后两截，前截说衍太太的事情，后截说南京的学堂。衍太太是平水山乡的出身，可是人很能干，却又干的多是损人不利己的事，这在本文里已经说的够明白了，虽然如前一章里说她指挥叫喊临终的父亲，那在旧时习俗上是不可能有的，我们在《百草园》中也曾加以说明。拿春画给小孩看，一方面轻侮他的无知，一方面含有来斫伤他天真的意思，在事实上可常碰到，森鸥外在他的自叙小说《性的生活》（*Vita Sexualis*）中记着同样的事情。奖励小孩转旋，到跌倒时又说风凉话，亦是事实，那受害人即是玉田的儿子仲阳，他比她的儿子鸣山小一岁，是光绪丁丑（一八七七年）生的。劝告著者寻找什么珠子卖钱当然是事实吧，但是我不知道，因为丁酉至戊戌是在杭州，在闰三月十二三日他走过杭州，便往南京去了。本文中说预备离开家乡，其理由是因为：

> S城人的脸早经看熟，如此而已，连心肝也似乎有些了然。总得寻别一类人们去，去寻为S城人所诟病的人们，无论其为畜生或魔鬼。

这里他表示出对于庸俗的乡人的憎恶，这是无怪的，S城人的确有些恶质，虽然一半因为熟知的缘故，所以如此感觉也未可知。学堂诚然为S城人所诟病，可是这里边的人和他们究竟相去有多远，那也就很难确说吧。

三八　学堂

说到学堂，第一提及的是绍兴的中西学堂，这是会稽徐氏所创办的，虽然是故乡的事情，却是记不周全了，只知道是徐仲凡主持其事而已。徐氏兄弟一名友兰，曾编刻《越中先正遗书》四集，此外又刻好些书，曾见过一小册书目，在大街水澄桥下墨润堂书庄发售，可惜除了《铸学斋丛书》和《文林绮绣》以外都记不得了。一名树兰，即仲凡，他同了别人办起中西学堂，后来改为府学堂，光绪甲辰（一九〇四）记得曾去看一个在那里读书的本家，那时徐伯荪正在做监学，还亲自教着兵操，大概在第二年他便往日本留学去了。

学堂里教算学以至格致还不要紧，因为这可以算古已有之的东西，唯独洋文最是犯忌，中西学堂以此成为众矢之的，熟读圣贤书的秀才们，还集了《四书》的句子，做一篇八股文来嘲诮它，这名文起讲的开头云："徐子以告夷子曰：吾闻用夏变夷者，未闻变于夷者也。今也不然，惟鸩舌之音，闻其声，皆雅言也。"虽然这文章的全本不曾流传下来，很是可惜，但这一节也很精彩，可见一斑，其运用徐子夷子的地方尤见匠心，正是非斫轮老手不办。南京的学堂不但教授夷语，而且有些根本上就是武备性质的，S 城人自然更要看不起，所以当著者进了南京学堂的时候，本家叔伯辈便有人直斥之曰，"这乃是兵！"因为好男不当兵，这就十足表示其人之不足道了。

三九　南京

鲁迅往南京去，第一个进去的学校是江南水师学堂：

> 光复以后，似乎有一时称为雷电学堂，很像《封神榜》上“太极阵”“混元阵”一类的名目。

他于戊戌春间进去，大概不到一年便出来了，于己亥改进了江南陆师学堂里附设的矿路学堂。水师学堂设在仪凤门里，那桅杆和烟通的确很高，虽然桅杆二十丈高恐怕也还不到。本文中说一星期中功课，几乎四整天是英文，一整天是读汉文，一整天是做汉文，但在辛丑（一九〇一年）我进校去的时候，这已有改变，成为五整天是洋文，一整天是汉文了。前后相差两年，情形稍有不同，但我所知道的只是辛丑以来的事情，便根据了来作补充说明。不久以前曾写有《学堂生活》二十四节，就记忆所及，关于水师学堂略有记述，今便附于卷末，以资参考。本文中说离开水师学堂的原因，只笼统的道：

> 总觉得不大合适，可是无法形容出这不合适来。现在是发见了大致相近的字眼了，“乌烟瘴气”，庶几乎其可也。

这乌烟瘴气的具体说明可以在《学堂生活》第十八九两节找到，这里便可省得复述了。

四〇　南京二

江南陆师学堂在鼓楼以北，地名三牌楼，与格致书院望衡对宇，离水师亦不甚远，但系是小路，雨后不好行走。鲁迅进去的时候，总办是钱德培，据说原是绍兴“钱店官”，不知何以通德文，为候补道中之能员，其后是俞明震，则称为新派，坐在马车里看《时务报》，因此学堂里的乌烟瘴气就要好得多多了。矿路学堂的功课以开矿为主，造铁路为副，都用本国文教授，三年毕业，但是只办了一班，在辛丑冬季毕业后就停办了。他的同班中有张协和名邦华，芮石臣名体乾，后改姓名为顾琅，这两个是和他同一房间住的，伍习之名崇学，刘济舟名乃弼，杨星生名文恢，又丁耀卿忘其名，于毕业前病故，此外的人就全不知道了。

鲁迅在南京曾写有日记，后来大概已散失，我所记忆的只是一两件事，如有一天骑马疾驰，从上边跌下来，磕断了牙齿，又有一回夜中起来吃茶，不料茶壶嘴里躲着一条小蜈蚣，舌尖被螫了一下，但不知道是什么时候的事情了。我于辛丑八月初六日到南京，至壬寅二月十五日鲁迅往上海转赴日本东京，在这半年中间，就旧日记中略抄有关事项，虽都是琐事，却也是一种资料吧：

辛丑，八月廿四日星期日：晴。上午独行至陆师学堂，适索士星期考试不值，留交《花镜》三本。

九月初一日星期六：晴。下午索士来，留宿。

初二日星期日：阴。上午谢西园（陆师）来，与索士、升叔同往下关，至城外遇阮立夫（水师），邀之同去，至江天阁饮茶，午回堂，饭后西园及索士均去。

廿九日星期六：晴。谢西园来，云矿路学生于廿七日往句容，索士亦去。

十月初十日星期三：晴。下午索士来，云昨日始自句容回，袖矿石一包见示，凡六块，铁三、铜二、煤一。（本文中说到第三年我们下矿洞去看，即是指这一回的事。）

十一月二十六日星期日：晴。晨步至陆师学

堂，同索士闲谈，午饭后回堂，带回《世说新语》一部，杂书三本。

十二月十三日星期三：阴。上午闲坐，索士来，带来书四部。午拜孔子，放学，予等十二人皆补副额。午饭后同索士至下关，行经仪凤门，小雨，亟返。下午索士回去。看《包探案》《长生术》二书。夜看《巴黎茶花女遗事》，又约略翻阅《农学丛刻》一过。

壬寅，正月十二日星期二：阴。下午索士来，交书箱一只，篮一只，云二月中随俞总办往日本，定明日先回家一行。

二月初八日星期一：晴。晨索士自家来，带来书甚多。中有石印《汉魏丛书》，铅印《徐霞客游记》，《板桥诗集》，《剡录》，谭壮飞《仁学》等。索士留住，次日午后去。

十一日星期四：阴，上午细雨。下午四时索士来，带来昨日在城南所买物件，计鞋一双（价洋五角，北门桥老义和售，黑绒面圆头薄底，颇中穿），扇面扇骨一副，笔二枝，又有《琴操》，《支遁集》一本，云从旧书摊以百钱购得者。夜索士重订《板桥集》，闲谈至十时后睡。

十二日星期五：阴雨。晨索士去。下午索士

> 又至，在堂吃晚饭，云同学今日集会，留之不得，冒雨而去。

这以后的有些事情在《鲁迅在东京》中已曾说及。见第三三节以下，兹不复赘。鲁迅的南京同学，据我所知道只有张邦华君尚健在，当时的事情问他当可知道些，以前知道他住在北京西城松鹤庵，不知现在还在那里否。

四一　留学生会馆

著者预备往东京去留学，先去请教一位到过日本游历的前辈同学，便上了一个大当。第一，要多带中国白布袜，我想这或者未必实行，因为在南京早已穿洋袜子了。第二，纸票不如换了硬币去，当时中国只用银洋，觉得纸币靠不住，要换现钱，这是可能的事。到了那里，先在弘文学院肄业二年，教的是日语以及一般中学程度的科学，在鲁迅和许寿裳（杭州求是书院）那些进过学堂的人这都可以无须，只要补习语学就行了，可是没有这种规定和设备，平常预备学校都是为那只读圣贤书的文童和秀才们而设的，算术从加减乘除，英文从爱皮西地教起，他们也只好屈尊奉陪上两年，拿到毕业证书，才可以升学到专门高等学校里去。这两年里所遇到的各处留学生，虽然不是S城人，却也不大高明，特别是那“清国留学生”的速成班，成群结队的到处都是：

头顶上盘着大辫子，顶得学生制帽的顶上高高耸起，形成一座富士山。也有解散辫子，盘得平的，除下帽来，油光可鉴，宛如小姑娘的发髻一般，还要将脖子扭几扭。实在标致极了。

留学生有一个会馆，招牌上倒是写着“中国留学生会馆”，本文中云：

门房里有几本书卖，有时还值得去一转；倘在上午，里面的几间洋房里倒也还可以坐坐的。但在傍晚，有一间的地板便常不免要咚咚咚地响得震天，兼以满房烟尘斗乱；问问精通时事的人，答道，“那是在学跳舞”。

这会馆在神田的骏河台上，与鲁迅在本乡的寓居只隔着一条叫作外濠的河，渡过御茶水桥，向右拐弯，走上坡去就是。在门房里有人寄售汉文书报，有时去看一下，后来神田的神保町有了群益书社和中国书林，也就不再去了。留学生多是“富士山”，会馆又是留学生的聚处，对于它自然也没有什么好感，只是在徐伯荪安庆案发时，因为在那里有中国报纸，所以乘上午人少的时候跑去翻看，但这也是一个短时期，而且在他离开仙台，又回到东京来之后了。

四二 仙台

鲁迅在东京看厌了清国留学生，便决计离开那里，到日本东北方面的仙台，进医学专门学校去。当时学制规定，大学的医学部要官立高等学校毕业的才能入学，平常中学毕业程度只好入专门学校，肄业年限也是四年，毕业后可以做医生，就只是没有医学士的名号。著者学医的志愿是起因于父亲的病为江湖医生所误，所以想学了将来给人治病，弥补这个缺恨，在南京时学科别无选择的自由，这回却可以如愿了。

本来在去东京不远的千叶市，也有医学专门学校，是同样的组织，但是里边有些中国留学生，他觉得有戒心，便索性走得远一点，到奥羽地方去吧，虽然天气是冷得很。这种意思在别人也有过，如顾孟馀从前在德国留学，这话是鲁迅所说，从齐寿山那里听来的，他独自走到明兴去，那即是世间依照英文称为“慕尼黑”的地方，因为那里没有中国的学生。但是他不久就失望了，不但来了一个同乡，而且还在黄色的脸上戴了一副金色的假发，这模样实在不很好看。鲁迅的事情是不同的，他在电影上看见了中国人，一个将做示众的材料，多数则赏鉴着，这不但使得他不能在仙台安住，而且还改变了他学医的志愿，便中止学医而决心去搞文学了。

他第二次回到东京，作了几年准备，刊行《新生》杂志的计划虽然没有成功，但是印出了两册《域外小说集》，可以算是后来翻译著作的工作的发轫。关于那一段落，有《鲁迅在东京》一篇三十五节略有记述，附在《百草园》的后面，至于在仙台的期间没有第二人知道，我们只能凭他自己所写的这一点，因此本文《藤野先生》部分我们别无什么可说，上边所说的都是些枝节的话罢了。

四三　《范爱农》

本文起头说徐伯荪刺安徽巡抚恩铭的事，这事件发生于清光绪丁未（一九〇七年）五月二十六日，那时著者正住在本乡汤岛二丁目的伏见馆里，蔡孑民的兄弟蔡谷清夫妇大概也刚到来，由邵明之介绍，住在对面房间里，明之也可能常来闲坐谈天。鲁迅本来是不到同乡会的，这回特别跑去，听说范爱农的情形正如本文所说，但事实上他似乎不是和爱农有相反的意见，只是说爱农的形状、态度、说话都很是特别罢了。

那时激烈派不主张打电报，理由便是如爱农所说，革命失败，只有再举，没有打电报给统治者的道理，痛斥也无用，何况只是抗议呢。其时梁任公一派正在组织政闻社，蒋观云也参与其间，他便主张发电报，要求清廷不乱杀人，大家都反对他，范爱农的话即对此而发的。鲁迅与许寿裳平时对于那同乡前辈

（虽然是隔县）颇有敬意，此后就有了改变，又模仿他以前赠陶焕卿的诗加以讽刺。原诗有“敢云吾发短，要使此心存”一联，乃改为“敢云猪叫响，要使狗心存”。因为会场上他说“便是猪被杀时也要叫几声”，又说到狗，那时鲁迅回答说，猪只能叫叫，人不是猪，该有别的办法。所以在那同乡会的论争上，鲁迅与范爱农的立场乃是相同的，不过态度有点不同。

往横滨埠头去招待那一群人，所说的情形也当是事实，其时还在著者往仙台去之前，年代当是光绪乙巳（一九〇五年），徐伯荪几个人进不去陆军预备学校，便即回国，捐了候补道往安徽去，范爱农则是留下在那里求学的人之一吧。

四四 《哀范君》

鲁迅与范爱农后来正式相识是在辛亥那一年，二人一见如故，以后便常往来。光复后，王金发建立了绍兴军政分府，维持公立的中等学校，请鲁迅去当师范学堂（壬子一月南京政府成立，始由教育部命令一律改称学校）的校长，范爱农为教务长。师范学堂在南街，与东昌坊口相去只一箭之路，爱农常于办公完毕后走来，戴着农夫所用的卷边毡帽，下雨时候便用钉鞋雨伞，一直走到里堂前，坐下谈天，喝着老酒，十时以后才回堂去。不过这个时期不很长久，到第二年春天鲁迅被蔡孑民招往南京教育部，辞去校长，范爱农也就不安于位，随即去职了。旧的纸护书中不意保存着一封范君的信，很有参考的价值，其文如下：

豫才先生大鉴：晤经子渊暨接陈子英函，知大驾已自南京回。听说南京一切措施与杭绍鲁卫，如此世界，实何生为，盖吾辈生成傲骨，未能随波逐流，惟死而已，端无生理。弟于旧历正月二十一日动身来杭，自知不善趋承，断无谋生机会，未能抛得西湖去，故来此小作勾留耳。现因承蒙傅励臣函邀担任师校监学事，虽未允他，拟阳月杪返绍一看，为偷生计，如可共事或暂任数月。罗扬伯居然做第一科课长，足见实至名归，学养优美。朱幼溪亦得列入学务科员，何莫非志趣过人，后来居上，羡煞羡煞。令弟想已来杭，弟拟明日前往一访，相见不远，诸容面陈，专此敬请著安。弟范斯年叩，廿七号。

《越铎》事变化至此，恨恨，前言调和，光景绝望矣。又及。

这信是壬子三月二十七号从杭州千胜桥沈寓所寄，有“杭省全盛源记信局”的印记，上批“局资例”，杭绍间信资照例是十二文，因为那时民间信局还是存在。这与鲁迅的本文有可以对照的地方，如傅励臣即后任的校长孔教会会长傅力臣，虽然邀他继任监学，后来好像没有实现。朱幼溪即本文中都督府派来的拖鼻涕的接收员，罗扬伯则是所谓新进的革命党之一人。《越铎》即是骂都督的日报，系省立第五中学（旧称府学堂）毕业生王文灏等所创办，不过所指变化却不是报馆被毁案，乃是说内部分裂，《民兴报》

大概即由此而产生，但是不到一年也就关门了。范爱农之死在于壬子秋间，仿佛记得是同了《民兴报》馆的人往城外看月去的，论理应当是在旧历中秋前后，但查鲁迅的《哀范君》诗三章的抄稿注“壬子八月”，所指乃是阳历，鲁迅附笺署“二十三日”，则是北京回信的时日，算来看月可能是在阳历了。本文中说爱农尸体在菱荡中找到，也证明是在秋天，虽然实在是蹲踞而非真是直立着。本文又说爱农死后做了四首诗，在日报上发表，现在将要忘记了，只记得前后的六句，后来《集外集》收有这一首，中间已补上了，原稿却又不同，而且一总原是三首，今抄录于后以供比较。（按：三诗已收《集外集拾遗》。）

哀范君三章

其一

风雨飘摇日，余怀范爱农。
华颠萎寥落，白眼看鸡虫。
世味秋荼苦，人间直道穷。
奈何三月别，遽尔失畸躬。

其二

海草国门碧，多年老异乡。
狐狸方去穴，桃偶尽登场。
故里彤云恶，炎天凛夜长。

独沉清洌水，能否洗愁肠。

其三

把酒论当世，先生小酒人。

大圜犹酩酊，微醉自沉沦。

此别成终古，从兹绝绪言。

故人云散尽，我亦等轻尘。

题目下原署真名姓，涂改为“黄棘”二字。稿后附书四行，其文云：

我于爱农之死为之不怡者累日，至今未能释然。昨忽成诗三章，随手写之，而忽将鸡虫做入，真是奇绝妙绝，辟历一声……今录上，希大鉴定家鉴定，如不恶乃可登诸《民兴》也。天下虽未必仰望已久，然我亦岂能已于言乎。二十三日，树又言。

这里有些游戏廋辞，释明不易，关于鸡虫可参看《呐喊衍义》第六六节《新贵》一项，“天下仰望已久”一语也是一种典故，出于学务科员之口，逢人便说，在那时候知道的人很多，一听到时就立即知道这是说的什么人了。

四五 《后记》

这里所说的不是我自己的，乃是指本文中那篇《后记》。那文章很是特别，比正文的任何一篇都要长，虽然说的只是插画的事情，却很有意思，当作一篇正文去看并无什么不可以。这插画是关于两篇文章的，其一是《二十四孝图》，其二是《无常》。

二十四孝这里该有图的是郭巨和老莱子，但前者因为以前也有些人反对，加以删除，所以未曾选入，只有后者三种图像，样式不同，“然而仍然无趣”。另外加入了一种，即是曹娥投江寻父尸的图画，著者在这里发了别的一场感慨，这在旁人或者不大感觉亦未可知，但在他对于礼教吃人的事情很有警惕的人，这感慨正是十分自然的。在这一点上，我就觉得这《后记》很有意义，因为那些随处出现的讽刺都是匕首，何况有些还是超过讽刺的呢。

关于活无常的差不多是些考证的话，但后来说到研究讨论，将各种信件都编印起来，可以出几本颇厚的书，因此升为“学者”，这便说的是《古史辨》，与《故事新编》里的《理水》所说的讽刺有点相像了。在著者的文章里常说起学者、绅士和正人君子，以及别的有引号的文句，都是有典故的，但要说明那些事情，便须得查看原案原典，这里无此便利，也或者无此必要，暂且搁下，请为他的杂文作注解的人去偏劳吧。

附录一　旧日记里的鲁迅

一　缘起

在鲁迅的一生中，早年的研究资料最为缺乏。现在所能见到的，只有他自己的一册《朝华夕拾》，原名《旧事重提》，其中记戊戌（一八九八）年以前家居时事六篇，南京一篇，东京二篇而已。别人所写的回忆也并不多，因为这一时期的末了几年去今也有四十五年以上，在那时和他有接触的人至今还存在的已经不多，而且年纪差不多也过了古稀了吧。日前找出旧日记来翻看，却见有些说及鲁迅的地方，虽是平凡琐屑，乃是当时的笔记，与日后追述的不同。这些日记起自前清光绪戊戌（一八九八）至乙巳（一九〇五）年止，中间时常断缺，现在抄出关系鲁迅部分，必要处少加说明，够不上说在研究上有什么价值，它的特别的地方就只如上文所说，这是五十年前的纪录，其真实性总是很可靠的了。

二　戊戌一

旧日记是从戊戌正月写起的。那时祖父介孚公因科场案系杭州府狱，这事在《鲁迅的故家》中稍有说明，祖父的妾和小儿子伯升移居杭州花牌楼，随时去探望他，后来伯升往南京进学堂，由我去补他的缺，这是丁酉（一八九七）年春天的事，大概是在正月下旬吧。日记上遇着去看祖父的时候，便简单的写一个“去”字，这里日记的第一天是正月廿八日，就是如此，而且碰巧也正是记着鲁迅的事。原文如下：

> 廿八日：阴，去。下午豫亭兄偕章庆至，坐谈片刻，偕归。收到《壶天录》四本，《读史探骊录》五本，《淞隐漫录》四本，《阅微草堂笔记》六本。

鲁迅本来号叫豫山，因为容易被人叫作“雨伞”，所以改了一个字，初为豫亭，后又变作豫才。章庆是给家里帮工的人，他的儿子运水，鲁迅在小说中称为闰土的便是，因为“运”“闰”二字方音相同，土则是水的替代字。这几种书的头两部是申报馆铅印本，祖父看过给了我们，后两部系石印本，乃是鲁迅自己所买，这回都是从家里带来给我看的。

廿九日：雨，上午兄去，午饭后归。下午兄往申昌，购《徐霞客游记》六本，《春融堂笔记》二本，石印宋本《唐人合集》十本有布套，画报二本，白奇一斤，五香膏五个。

申昌即是申报馆派报售书处，画报不记得是点石斋还是飞影阁了。旱烟与膏药大概是祖母所要买的吧。

三十日：雨，上午兄去，午饭后归。兄贻予建历一本，口香饼二十五枚。

二月初一日：雨，上午予偕兄去，即同归。兄回越，予送至门外，带去《历下志游》二本，《淮军平捻记》二本，《梅岭百鸟画谱》三本有锦套，《虎口馀生记》一本，画报一本，《紫气东来图》一张着色，月分牌一张。

日记上注明正月廿八日雨水，在阳历是二月二十八日。初三日项下记下午接越函初二晨发，云已到家，上面所记的这一件事便结束了。

三　戊戌二

日记上信函往来，别不说明内容的，今悉从略，只抄出这两项来，其一是二月中事：

廿四日：晴。接绍廿三日函，附来文诗各两篇，文题一云“义然后取”。二云“无如寡人之用心者”，诗题一云“百花生日”（得花字），二云“红杏枝头春意闹”（得枝字），寿洙邻先生改。

这证明鲁迅在戊戌年还是在三味书屋受业，不过只是所谓“遥从”，便是不再上学，因为在好几年前他“十一经”早已读完了，现在是在家里自做诗文，送去请先生批改而已。老寿先生至宣统庚戌（一九一〇）年尚是健在，那时谦称自己文笔已古旧，所以担任批改的是他的儿子，鲁迅称他作泗哥的，现今住在北京，年纪也过了八十了。其二是三月中事：

二十日：晴。下午接绍函，并文诗各两篇，

文题一云“左右皆曰贤”，二云“人告之以过则喜”，诗题一云“苔痕上阶绿”（得苔字），二云“满地梨花昨夜风”（得风字）。

这些八股文试帖诗，现在说起来，有些人差不多已经不大明白是怎么样的东西了，但是在那时候是读书人唯一的功课，谁都非做不可的。我们在这旧日记里能够找着鲁迅当日做过的几个诗文题目，这是很难得也是很有意思的一点资料。

四 戊戌三

在寄诗文到杭州来之后没有多久，又发现了别一项与上文截不相同的记录。

> 闰三月初九日：雨。接越初七日函，云欲往金陵，已说妥云，并升叔柬一。
>
> 十二日：细雨，旋晴。下午兄同仲翔叔来，予同去。
>
> 十三日：晴，上午豫亭兄来别。

日记文字简略，须要少加说明。上文说过伯升往南京进学堂，因为那时有本家（介孚公的同曾祖的堂弟）在江南水师学堂当监督，所以跑去找他，考进学校，至甲辰年毕业。鲁迅所说也就是这学堂，仲翔即是那本家的次子，所谓说妥大概是由仲翔去信接洽，伯升在旁帮助，事情成功了，鲁迅这才写信到杭州来，形式是请祖父允许，事实上却是非去不可，隔了一日就已经出来了。后来日记上记有这几项，可以计算他的行踪。

二十日：晴。下午接豫亭十五日函，云已到上海。

四月朔日：晴，接豫亭十七日函，云已到金陵。

鲁迅于十一日从绍兴出发，十七日到南京，但是来信却走了将有半个月，这是由民信局寄递，所以如此的慢吧。

五　戊戌四

> 四月十八日：晴。去。接豫亭兄初五日函，云考取试习学生，有缺可补二班，试题为“武有七德论”。

这一条日记很有点用处，因为我们可以知道鲁迅进水师学堂的年月，而且还附记有入学考试的题目，更是很有意思的事。

鲁迅在水师学堂的情形怎么样，只有在《朝华夕拾》里简单的说到一句，因为那里乌烟瘴气，所以走了出来了。那年五月中旬我因母亲有病，从杭州回家来，日记中断了几个月，至十一月底才再续写，这一期间便没有什么材料，只是因为记载四弟病故的事，草草的补记着这几项：

> 十月中：大哥回家。
>
> 十一月初六日：会稽县试，予与大哥均去。
>
> 初七日：四弟患喘，疾甚重。

初八日：上午四弟逝世，时至辰时，得年六岁。

以后续写的日记系从十一月廿六日起，次日廿七日项下云："晚接豫材兄自杭寓发函，云于廿五日抵杭，现已下舟矣。"由此可知鲁迅那一年于十一月廿四日离家回南京去，廿六日从杭州城内坐驳船至拱宸桥，改趁小火轮拖船往上海，所以说是下舟。这时鲁迅已经脱离水师学堂，改进江南陆师学堂附设的矿路学堂，查十二月廿五日项下云："得豫庭兄十七日函，功课单一纸。"可以证明在戊戌年内已经考进学校了，自己亥春始业，至辛丑冬毕业，辛丑十二月的日记中记初八日起毕业大考，事实正相合。

六　戊戌五

上文曾记鲁迅往应县考，这与前记的诗文是有关系的，考试的成绩并不差，但因四弟之丧，无心去复试，旋即匆匆回南京去了。县考经过三次复试，乃发表“大案”，日记上云：

> 十一月廿九日：阴。下午往试前看县考大案，凡十一图，案首[①]马福田，予在十图三十四，豫材兄三图三十七，仲翔叔头图廿四，伯文叔四图十九。

旧时府县考发榜例以五十人为一图，第一名居中，姓稍提高，二名以下在其右，顺次而下，写作圆形，至第五十名便与第一名相并，列在左方，所以第二图第一即五十一，十图第一则是四百五十一了。县考之后接着便是府考，仲翔、伯文等人因为鲁迅往南

【锺校】

①“首”原作“前”，据影印本日记改。

京去了，府考不曾参加，深为惋惜，便来劝鲁老太太，不如找人去替代一场，在大案上保留一个名字，明年可以去应院试，博得一名秀才也是好的。鲁老太太最初不赞成，不但找枪手要花钱，而且觉得已经进了学堂，秀才也不必再要了。可是她也拗不过他们的劝告，末了托仲翔去办，找他的内弟莫侣京替鲁迅入场，到得十二月廿四日府考的大案出来，据日记上所记是：

> 予四图四十七，大哥八图三十，伯文叔二图二十二，仲翔叔二图第四，会稽共人十图。

从这名次上看来，可见那替代的人大抵很不高明，但是院试反正并不赶来参加，这也本只是白费罢了。那年录取的新秀才本县共四十人，第四十名便是仲翔，第一名马福田，今尚健在，改名马一浮。

七　己亥一

十二月廿五日：晨椒生叔祖自金陵回家，得豫亭兄十七日函，云要抄书格纸百，书包布一张，糖姜一瓶，“词林妙品”一支，“北狼交头”一支，《东莱博议》一部，寄回画报一本，《百鸟图说》一本，《百兽图说》一本，韦门道氏撰，广学会出售，每本洋二角。

这还是戊戌年日记里的记载，但后文却是在己亥年了。所要抄书格纸，即是毛边纸上有直行墨格的，与后来《鲁迅日记》的前十本所用的样子差不多，都是托大路口元泰纸店所印的。廿二日的项下便有“往大路，购皮丝一包，至元泰托心梅叔印稿纸”的记事，即是这一种。己亥年正月份的日记又有几项记载：

十九日：大雨。上午往大善桥，购“词林妙品”一支，洋七分，“北狼”水笔二支，共四分八，“小大由之”二支，共五分六。

廿四日：阴，小雨。往大路，购糖姜一瓶，洋三角。

这糖姜是湿蜜饯中最便宜的东西，用鲜生姜切成薄片，染为红色，渍以蜜糖，平常蜜饯装黄砂罐中，以糖姜及紫苏叶垫底，上面放几个蜜渍的桃梅樱桃枇杷而已，但是不知道为什么别处未见，即如南京和北京也没有专门卖干湿蜜饯的店铺。鲁迅向家中来要糖姜，普通的原因便是，在外边找不着（这与白的整块的生姜糖不同），其特别的原因则又因为这在蜜饯中价钱最贱。

廿六日：雨。椒生叔祖往宁，托交大哥函并件。

这件里边即包括有糖姜及纸笔在内。椒生即是上文所说在江南水师学堂当监督的本家。

八　己亥二

三月二十日：晴。接金陵信，并窗课二，几何图二张。

这窗课不记得是什么，或者是学堂里所作的论文吧。

六月十二日：晴。下午伯㧑叔往徐州，托带金陵信，并篓子一个。

篓子的内容不曾说明，大概总是食物吧。

九月十六日：雨。伯文叔从金陵回来，带回大哥函，并书籍衣服，目录列下：

官纱裤二条，石印《芥子园全集》三函十二本，《阅微草堂笔记》四本，《解学士诗》一本，《状元阁执笔法》一本，《读书乐》摹本一套八页，《弟子规》摹本一套十九页，以上四种皆状元境李光明庄刊印本；陆师学堂俯视形图一张，自绘。

十一月十三日：接大哥十月三十日函，月课

题一纸，云岁暮恐要去勘矿，不能回家云云。

十二月初七日：阴。上午接江南十一月十八日函，云看矿之说并不提起，想已作罢，现拟于十二月中同椒生叔祖回家。

廿六日：雪、寒甚。上午大哥同椒生叔祖回家，云系十九日启行，因轮船机器损坏，所以迟误。带回紫阳观虾子酱油二瓶，香蕉二十馀个，包肚四个，并浙江求是书院章程一本，《圣武记》一部十本。

这末后两种盖系过杭州时祖父交付带回者，那时求是书院刚成立，祖父信中曾说及，明正二十日招考儒童六十人，可以去考云。

九　庚子一

庚子元旦：雨。上午同大哥至老屋拜岁，又至寿镜吾太夫子处贺年，及归已傍午矣。下午大哥至开元寺数罗汉，名曰“宝涯尊者”。

初四日：微雪。上午大哥坐轿至城内及附郭各亲戚贺年，下午遣章庆往分名片。

初六日：晴。上午同大哥至大街，又往江桥信局发杭信。下午同大哥及章水登应天塔，至第四级，罡风拂面，凛乎其不可留，遂回。

章水即运水，小名阿水，水字此处不读方音，所读以为是官音，而北方音中实乃无有，只是“心美切，上声”而已。

初七日：晴。下午至江桥，章水往陶二峰处测字，予同大哥往观之，皆谰语可发噱。夜大哥开船往啸唫阮宅拜年。

啸唫系村名，读如“小金”。

十六日：阴。上午大哥往小皋埠拜年，后得知大哥因阮罗孙兄亦在皋埠，留住一天，当于明日回家云。

小皋埠系鲁迅的大舅父住处，癸巳甲午之交曾在那里避过难，罗孙即阮梦庚，在中表兄弟中年最长，庚子时年三十岁，如今日尚在，应享年八十有三了。

二十日：晴。下午大哥收拾行李，傍晚同椒生叔祖，伯文叔启行往宁。

日记上注“今日雨水节”，在阳历是二月十九日吧。

一〇 庚子二

三月十四日：晴。上午下舟往乌石头扫墓，午后归家，对门屠邻云，曾有江南银信带来，因人不在已去，他日可往昌安门外泰生木栈索取。

十五日：雨。下午接金陵上月十八日函，并洋四元，诗三首，系托同学带归也。

这同学大概即是丁耀卿，因为在同班中此外没有越人了。（诗见《鲁迅全集补遗续编》。）

五月初七日：晴。下午发金陵函，由邮政局寄，只取邮资二十文。

以前托民局寄信，先付一百文，收信人再付给一百文，那时邮政成立，国内邮费二分，即制钱二十文。

廿四日：晴。接江南十七日由邮政局发出函，云拳匪滋事是实，并无妖术。

当时绍兴谣言甚盛，都说“义和拳”有了不得的法术，鲁迅得到了家信的报告，所以在回信里有这样纠正的话。椒生公虽是相信法术的，但是他也感觉到情势不好，在七月十四日项下记有转述他来信里的话，云江南信息不佳，遣伯文叔先归，日后当同升叔、大哥由内河而走，盖有长江交战之信也。

十五日：晴。晨伯文叔自江南归，系十一日动身，交来大哥初十日函，并王渔洋《唐人万首绝句选》一部二本，张伯行刻《周濂溪集》一部四本，又丁耀卿兄家信一封，于次日下午送去。

《万首绝句选》系官书局刻本，《濂溪集》则是《正谊堂丛书》本而单行者，印刷颇佳。

一一 庚子三

八月初九日：晴。阮立夫兄自金陵回绍，得大哥初三日函。

阮立夫名文鼎，为阮梦庚的从弟，在水师学堂，与伯升同班，这回大概也是同伯文一样，回家来避难的。

闰八月廿二日：晴。上午往大街，买十斤竹篓一个，洋六分。闻阮立夫兄将于廿四日启行往宁，拟托寄函件。竹篓一个，内装食物干菜等数件，升叔干菜四束，窗课一包，信一封，致升叔信一封。又石印本《汉魏丛书》两套十六本，《渔洋精华录笺注》一套十本，《池北偶谈》一套八本，夹袜三双，均用油纸包裹在外。

九月十八日：晴。接江南闰月十六日、九月十二日两函，云初八大雷雨，学堂左近火药分局为电所引，以致爆炸，被灾三十馀人，地裂至二丈馀深。堂中震动，屋柱移至五寸许，窗上碎玻璃如蛱蝶乱飞，手中嵌入二枚，深至数分云。

这以后几个月，只是信函往来，没有什么特别的事情，所以都可以从略了。

一二　庚子四

十二月朔日：雨。黎明忽闻叩门声，急起视之，乃是大哥自江南回来，喜出望外。

初三日：晴。上午同大哥往大街，又往试前一游。大哥购《曲园墨戏》一本，《百衲琴对句》一本，板颇佳。

《曲园墨戏》系俞曲园的一种笔墨游戏，以字为画，有些颇为巧妙，未曾收入《春在堂全集》里。《百衲琴》则是别人所编集，其中一人似是秦云字肤雨的诗人，这后来称为《诗钟》，在清末及民国初期曾很流行过。

初八日：晴。上午同大哥往试前，邀鸣山叔同去，至大路荣禄春吃饺子，又往长庆寺一游，见老媪甚多，聚大殿中念佛。

十五日：晴冷。晨同大哥往大坊口看迎春，至则尚早，良久会稽典史始至，随至五云门外，即回。至东桑桥，山阴典史亦至，少顷山阴会稽两知县继至。天气甚冷，即行回家，日已亭午矣。春牛头白，腹背黄，胫青，角耳尾黑。

廿三日：晴冷。夜送灶，大哥作一绝送之，予和一首。(原诗见《鲁迅全集补遗续编》。)

廿六日：晴。夜因明日祝福不睡，同大哥闲谈。一点钟祝福，拜毕少顷即睡。

廿八日：晴。下午同大哥往大街，购李长吉《昌谷集》不得，遂购毛鹿纸一刀而返，计二百张，价洋五角。

三十日：晴。下午接神，晚拜像，又向诸尊长辞岁。饭后同豫才兄祭书神长恩，作文侑之，稿存后。

这篇《祭书神文》原稿也录存在日记末后，连同原序共有二百五十四字，曾经抄给唐弢先生，收在《鲁迅全集补遗续编》中，现亦从略，不再抄录了。

一三 辛丑一

辛丑正月初七日：晴。晚饭后同大哥下舟往道墟，出城已黄昏，放舟至道墟时过夜半，在官舱睡，夜中屡醒，不能安眠。

初八日：晴，晨饭后大哥往章宅拜岁。上午转至吴融马宅拜岁，留饭。午后开船至寺东社庙看戏，大哥往观，予不去。夜予亦去看，《更鸡》一剧颇佳，夜半回船寝。

初九日：晴。晨放舟至啸唫，早饭后往阮宅拜岁，少坐。回棹过贺家池，水天一色，城外巨浸之一也。下午回家。

十九日：晴。下午同大哥在厅房芟剪罗汉松及山茶花枯枝冗干。

廿三日：晴暖。下午同大哥及子衡叔往楼下陈看戏，遇朱氏舟，坐少顷，看演《盗草》《蔡庄》《四杰村》等。

廿五日：晴。上午大哥收拾行李，傍晚同椒生叔祖、子衡叔启行往宁。夜用戛剑生《别诸弟》原韵，作七绝三首以送之。

廿八日：晴。上午往笔飞弄邮局发金陵信，并诗三首。

二月初八日：雨。上午接金陵花朝日函，即作答。

初九日：阴。上午发金陵信，并矿砂一包，收回信票一纸。

这矿砂大概是遗忘在家的，装在信内寄去，所以是交给民信局，照例先付一百文，信局填给一张回单的。

一四　辛丑二

二月廿四日：雨。上午接大哥十四日函，并诗三首。(诗及跋见《鲁迅全集补遗续编》。)

三月初二日：雨。下午从调马场上坟回，接大哥廿六日函，并《惜花诗》四首。

这诗也抄存在日记里，题云《惜花四律，步藏春园主人元韵》，不知道这人是谁，只在介孚公带回的《海上文社日录》上见到原唱，上系“湘州”字样，可能是湖南人吧，鲁迅看见便来和了四首，也并未寄去，因为文社征诗还是以前的事情，这时早已过期了。原诗也已收入《鲁迅全集补遗续编》中。

这一册日记末后又抄有《戛剑生杂记》四则，《莳花杂志》二则，前者注明系从《戊戌日录》中抄出，后者未记年代，看来当是进了矿路学堂以后之作。这些也已收入《鲁迅全集补遗续编》中，所以现在不再抄录了。

一五　辛丑三

七月初二日：晴。接大哥六月廿五日函，由伯捣叔处转，又升叔、大哥合禀祖父笺。

十二日：晴。祖母六旬寿辰。下午接大哥函，初六日发，云已与椒生叔祖说定，令予往宁，充水师副额学生，并属予于八月中同封燮臣君出去。附致封君信，使予持函往直乐施村一会，托临行照会。

八月初六日：小雨。上午江永船到南京下关，午至水师学堂，见椒生叔祖及升叔，少顷大哥亦至，傍晚回去。

初十日：晴。早饭后坐车至陆师学堂，见芮石臣体乾、谢西园良翰、谢式南向荣诸人。下午同大哥及谢式南、杜梓园至下关饮茶，傍晚回水师，大哥同来，少顷回去。

以后往下关吃茶的记事，不一一列记。

九月廿九日：晴。晚谢西园来云，矿路学生于廿七日往句容看矿，豫兄亦同去。

十月初十日：晴。下午大哥来，说昨日始自句容回来，袖矿石一包见示，凡六块，铁三、铜二、煤一，均存予处。傍晚大哥回去。

廿一日：星期，放假。早饭后至陆师，同大哥往城南，半途大雨，乘车亟回。

十一月廿六日：星期。晨步至陆师学堂，同大哥闲谈，午饭后回堂，带回《世说新语》一部，杂书三本。

下面说夜看《夜雨秋灯录》一本，大概就是杂书之一吧。

一六　辛丑四

十二月初三日：星期，放假。上午大哥来谈，云丁耀卿兄已于上月廿六日晚逝世，一叹。

他家在绍兴昌安门外，是鲁迅的同班好友，也是封燮臣家的亲戚，八月初到下关去迎接他们，因患肺病以至喉头结核，已经声哑了，却不情愿回家去，终于客死南京。日记上录有鲁迅作的一副挽联云：

男儿死耳，恨壮志未酬，何日令威归华表；

魂兮归去，知夜台难瞑，深更幽魄绕萱帏。

还有一副挽联，署名秋平蒋佳鸣，大概是陆师的浙籍同学所作的，已经录入《鲁迅的故家》中，现在也不再重抄了。

初六日：晴。得大哥信并课本，云堂中毕业大考从初八日起，故不克往下关去。

十三日：阴。上午大哥来，带来书四部。午饭后同大哥往下关，至仪凤门，小雨，亟返，下午大哥回去。

这四部书据下文所记系有光纸铅印的《包探案》及《长生术》，前者即柯南达利所著的《福尔摩斯侦探案》，在中国是第一次翻译；后者系哈葛得所著蛮荒小说之一，原无作者名字，这是后来才省悟出来的。其三《巴黎茶花女遗事》，为林琴南译本，那时只署名冷红生。又一种则是《农学丛刊》石印四册，似是罗振玉所编印，其中有《蚕桑问答》《牧猪法》《烘鸡鸭法》《艺菊法》《浏阳土产表》等，这些篇名都记在日记内，所以记得，至于当日购求农学书的动机，则回想起来也已经不明白了。

一七　辛丑五

十四日：阴。下午同升叔步行至矿务学堂，与大哥晤谈片刻，即至下关天宝楼饮茶，食馒首数枚，乃回堂。

庚子日记末有《戛剑生略历》，说肄业矿务学堂，与此相合，似此系正当的名称，通称作“矿路”，或称“路矿”则是错误的。

廿四日：晴冷。午饭后步行至陆师学堂，道路泥泞，下足为难。同大哥谈少顷，即偕至鼓楼一游，张协和君同去，啜茗一盏而返。予循大路回堂，已四下钟矣。晚大哥忽至，携来赫胥黎《天演论》一本，译笔甚好。夜同阅《苏报》等，至十二下钟始睡。

廿五日：晴。上午大哥回去。

廿六日：晴。早饭后循小径至陆师，大哥犹未起，坐少顷，同步至钟鼓楼，乘车往花牌楼。

游夫子庙，在左近啜茗，买稻香村茶食，食少许已饱，乃至江南官书局购《林和靖集》，门已闭，怅怅而回。复坐小车回陆师少憩，予即回堂，带来《文社日录》二册，《小娜嬛》十二本，笔一支，又怀归《浇愁录》一本，《铁花仙史》一本。

廿七日：晴。下午大哥同封燮臣兄来，坐少顷，即同往下关，思啜茗，因茶楼均已闭歇，遂回。

廿八日：晴。下午三下半钟至陆师访大哥，适出游不值，快快而返，坐小车归堂。

廿九日，即除夕：晴。上午大哥来，少坐，即同至下关，买食物归，即由歧路去，予自回堂。

一八　壬寅一

壬寅正月十二日：阴。下午大哥来，交书[1]箱一只，网篮一只，云二月中随俞总办赴日本，定明日返里一行，坐少顷即回。

俞恪士名明震，继钱德培为江南陆师学堂总办，与蒯光典并称为候补道中开通的人物，鲁迅对他颇表示尊敬，后年日记中说及称之为“俞师”。

十三日：晴。上午十下钟大哥来，云行李已往下关，予与同去，至则时尚早，啜茗食车糖。见顾石臣（即芮石臣，毕业后改芮体乾为顾琅了）、张协和、刘济舟、杨星生诸人。至一下钟船尚未至，大哥使予回堂，因步回，甚饥，吃油炸饼三个。下午抄书六纸，游行讲堂小天井及操场一周，闻轮船放气声，知已开行矣，时已五

【锺校】

① “书”原作“贝”，据影印本日记改。后同。

下钟。

十四日：晴。下午兀坐，检大哥旧日记视之，内记有小姑母讳忌，特录之：

光绪二十年甲午八月初十日。

廿八日：晴。午接大哥廿二日函，云不出下月三日，必启行来宁，内有致张协和笺，即加封交去。

二月初八日：晴。晨大哥自浙江来，甚喜，带来大衫、食物，又书籍多种，目录列下：

《汉魏丛书》二函十六本，《徐霞客游记》四本，《前汉书》十六本，《古文苑》四本，《剡录》一函二本，《中西纪事》八本，谭壮飞《仁学》一本，《人民学》一本，《科学丛书》第一集十本，《日本新政考》二本，《和文汉读法》一本。末三种豫自带去。

这些书大抵都是石印或铅印，只有《剡录》与《古文苑》是木版，《古文苑》是官书局本，《剡录》则系近年编刊的《嵊县志》的附录，后来抽出单行，原是散叶，有嵊县考童带到府城寄售，鲁迅买得一部。托书店代订成册，这年代大概当在戊戌以前了。

一九 壬寅二

二月十一日：阴。下午四下钟大哥来，带来物件是昨日在城南所买者，计鞋一双，绒面圆头薄皮底，颇中穿，北门桥老义和发售，价洋五角，扇面扇骨一副，笔二支，名片纸一刀，又有《琴操》《支遁集》合一本，从旧书摊以百钱购得云。晚大哥重订《板桥集》一本。闲谈至十下钟睡。

十二日：小雨。晨大哥去。下午大哥又至，在堂吃晚饭。云十五日启行往日本，同学今日集合，留之不得，冒雨而去。

十四日：阴。上午大哥使人送来衣被，即作答，交去书箱一只。下午谢西园来，少顷大哥亦至，夜椒生叔祖为之饯行，厨房所办，八簋颇丰。

十五日：雨。下午同升叔坐车至下关，找大

哥不着，到太古、怡和各码头一看，回至后街，吃酒半盏。未几遇大哥于趸[1]船上，同至报关行内少坐，因今日招商船不来，须明日才行，即别而回，到堂已二下半钟，即进洋文馆。晚至韵仙处，伊有诗三章送大哥行，兹录之。

诗并序已录入《故家》中，今从略。

十六日：阴。上午遣人赍韵兄诗至下关交大哥，午刻回，云昨已趁公司船赴上海不遇。

十九日：晴。上午接大哥上海来函，云十五日招商船不来，改趁大贞丸，已抵上海，寓老椿记客栈。

【锺校】

① "趸"原作"顿"，据影印本日记改。

二〇　壬寅三

三月初九日：晴。傍晚接大哥二月底自东京来信云，已于二十六日抵横滨，现住东京市麹町区平河町四丁目三桥旅馆，不日进成城学校，又言其俗皆席地而坐云。

矿务学堂原来附设在陆师学堂内，这回往日本留学，也是同陆师学生一起前去，因此有进成城学校之说，但成城定例只有学陆军的学生可入，所以后来还是分作两起，矿务方面的几个人，即是鲁迅、张协和、伍习之和顾石臣，加上随同前去的自费生，俞总办的亲戚陈师曾，都改进了弘文学院了。

十六日：晴。下午接大哥初六日自日本来函，内有《扶桑记行》一卷，系其路上日记，颇可观览，抄入别册中，记甚长，至晚九下钟方抄竟。

廿三日：晴。晚接大哥日本来信，云已进弘

文学院，在牛込[1]区西五轩町三十四番地，掌院嘉纳治五郎先生，学监大久保高明先生，教习江口先生善华文而不能语言。

五月十一日：阴。下午接大哥初三日自日本来函，又摄影三纸，其一系贻予者，纸背有题记，今录如下：

会稽山下之平民，日出国中之游子，弘文学院之制服，铃木真一之摄影，二十馀龄之青年，四月中旬之吉日，走五千馀里之邮筒，达星杓仲弟之英盼。兄树人顿首。

六月十四日：晴。接大哥来信，西历七月十号发，十八号到，凡二纸，尽是白话。

十五日：晴。上午作日本回信，得五纸，亦是白话。

【锺校】

①“込”原作“入”，据影印本日记改。

二一　壬寅四

八月初四日：阴。下午看《中外日报》，金粟斋有严幾道译《名学部甲》出版，价洋八角，南京明达书庄等处皆有寄售，拟往购之。是书系英国穆勒约翰原著，豫兄来函云其书甚好，嘱购阅，前已托韵仙在上海代买，未知有否也。

这书后来不久在南京买到，十二日项下便记着“下午看穆勒《名学》，苦不甚解”。孟德斯鸠的《法意》和亚丹斯密的《原富》，也都买来硬看，但是那些总还有部分的可解，比起《名学部甲》要好得多了。

九月初四日：晴，大风。夜看《力学》，并《戛剑生杂志》。

这《杂志》我只于辛丑年春天在日记内抄存四则，别的便都已不可考了。

十七日：晴。上午接日本重九日函，内附诗两章。

这诗未抄存，也不记得是什么内容了。

廿五日：晴。晚接日本十九日函，并《最近清国疆域分图》一本，《留学生会馆第一次报告》一本，《摩西传》一本。

末了的《摩西传》不知道是什么书，看来大概是留学生所著的吧。

十一月廿五日：晴。下午接日本十六日函，并辞典一册，甚佳，价日金一圆。

这大概是神田乃武等五人所编的《新译英和辞典》，比那时上海考贝纸印的《华英字典》（内容实是英华，因为是用华文来释英文的），要更为详备了。

廿九日：晴。下午谢西园来，交来大哥十七日信，共五纸，并《浙江同乡会章程》一本，系十月新定，将月出杂志《浙江潮》一册，又梁任公编《新小说》，云均已定购，皆佳书也。

二二　癸卯一

癸卯二月十三日：晴。晚接日本初五日函，由韵仙处转，并《新小说》第一期，《权利竞争论》各一本。

十九日：雨。下午接日本十一日函，又《浙江潮》一本。

三月初六日：晴。接日本二十日函，由韵仙处转，云谢西园下月中旬回国，当寄回《清议报》《新小说》，闻之喜甚。

十二日：晴。晚韵仙遣人送日本初五日函来，云西园于四日启行，托寄衣物，目录列后。函中述弘文散学事，监督姚某亦以私事被剪发逃去，可笑。

《清议报》合订本八册，《新小说》第三期一册，《新民丛报》二册，《译书汇编》四册，《西力东侵史》一册，《世界十女杰》一册，《天籁阁》四册，《雷笑馀声》一册，《林和靖集》二册，《真山民集》一册，《朝鲜名家诗集》一册，《日本名所》一册，弘文同学照相一张，断发照相一张，玻璃笔二支，衣数件，以上共装在皮箱内。

廿九日：晴。晚接大哥廿一函，云弘文事已了，学生均返院矣，又断发小照一张。

四月十四日：晴。上午往城南，在明达书庄买《华生包探案》一部，价洋四角，大哥来信令购，并嘱寄往日本。

以前在《故家》里我把这《华生包探案》去和《长生术》同一格式的《包探案》混同了，但如上文"辛丑四"所表明，那种《包探案》早已买到，这回的一种可能是用铅字在毛太纸上单面印，线装的书，虽然这也已经不能明白的记得了。

二三　癸卯二

这里日记有断缺，到了七月中旬才又续写，恰巧那时鲁迅趁放暑假归家，日记第一天便是说他启行回东京去的事，有题目云《冒雨之行及珠岩之泊》。

七月十六日：雨。予与自树既决定启行，因于午后束装登舟，雨下不止。傍晚至望江楼，少霁，舟人上岸市物，予亦登，买包子三十枚，回舟与自树大啖。少顷开舟而雨又大作。三更至珠岩寿拜耕家，予二人往谈良久，啜茗而返。携得《国民日报》十数纸，爇烛读之，至四更始睡。雨益厉，打篷背作大声。次晨至西兴埠。

（自树是鲁迅别号之一，也号作索士。）

十七日：大雨，雇轿渡江，至杭州旅行社，在《白话报》馆中，见汪素民诸君。自树已去假发易服，路人诧甚。午后自树往城头巷医齿疾，予着自树之外套冒雨往清和坊为李复九购白菊。

晚宿楼上。次日伍习之来访，云今日往沪，因约同行。下午予二人乘舟往拱宸桥，彼已先在，包一小舱同往，舟上纵谈甚快。

十九日，雨止，舟抵上海，雇车至十六铺张芝芳君处。张君浙人，隐于贾，人极开通而和蔼，有女数人俱入学堂，伍君与之识，为介绍，因留住。晚乘马车至四马路，自树买《群学肄言》一部，为芝芳邀去看戏，夜半回寓。

在十六铺住了三天，至二十二日鲁迅先走了，日记上只简单的记着：“午自树往虹口下日本邮船，予与习之、芝芳同送去。”在那天晚上，我同伍君也趁上水船往南京去了。

二四　甲辰

八月中我生了很重的“时症”，于九月末回家治疗，一直到次年二月初才又出来到了南京，所写日记上半年只有一月至三月，又改记日为记事体，故共只十节而已。第八节题云《大行宫之取书》，大概是三月中的事情：

> 前数日得自树信云，书已寄出，久待不至，一周后始得日本邮局小包收据，因即于下午同润州往取。取得后至附近一茶馆少坐，地颇清净。少顷回，由大路至堂，共步行三十里，费四小时馀。书共十一册，并摄影一枚，内有《生理学粹》《利俾瑟战血馀腥录》《月界旅行》《旧学》等皆佳，又《浙江潮》《新小说》等数本。

《战血馀腥录》系林琴南所译，以前还有一本名《滑铁卢》的，都是讲拿破仑时代的战役的，作者译名为亚孟查登。《月界旅行》乃是鲁迅自己的翻译，作者在《新小说》上称为焦尔士威奴，是法国专写通俗科学冒险小说的名人，他的《十五小豪杰》与《海底旅行》都在那杂志上连载过，很受读者的欢迎。鲁迅的翻译这本小说，大概也是受着这影响的吧。

甲辰年放暑假回家去，刚遇着祖父的病殁，料理丧事后便赖着不走，直到冬季考试的直前，受了同学的催促，这才又回校来，下半年的日记便只剩了末后的一个月。而且这又写的很简单，往往只有一行以至几个字，例如在十二月中但有一处与现在的问题有关，却只是这七个字：“十三日：得索士信。”（十四日项下记有“寄索函”三字。）

二五　乙巳

乙巳年的日记现在只存有一月至三月这一部分，卷末虽然写着：“四月以后之事另具别册”，但不记得写了没有，总之这之后只有一薄本《北行日记》，乃是记十一、十二月中往北京的事，四月至十月的部分全无可考了。

这留存的三个月的日记中也多断缺，往往缺了十几天，现在可以抄录的只有这几项：

正月廿二日：下午接索士十四日函，又日本邮局小包收据一纸。

廿三日：至大行宫日本邮局取小包，并寄信，包内书籍计中文七本，英文三本。

二月初十日：上午寄索士信。

三月初二日：上午收日本邮局小包收据一纸。

初三日：下午得索士函，云前日有小包寄

出，已收到未？

初五日：星期。上午至城南取索士寄书一包，即发回信。

廿七日：寄索士信。

这以上就是一切了。甲辰乙巳这两年的日记都写得很简略，寄来的书籍不一一列记，特别是后来连册数也没有记录。乙巳日记中记着翻译小说的事，有《阿里巴巴和四十个强盗的故事》，以及亚伦坡的《黄金甲虫》，前者是《天方夜谭》里的一篇，后者所根据的是山县五十雄的编注本，总名《英文学研究》，一共有四五本，只记得其一是朗佛罗的长诗。这些原书都是鲁迅寄来的，大概是在甲辰年内收到的吧，日记上却未有记载，恐怕是在日记断缺的期间中也未可知。还有雨果的小说集，自从《新小说》上讲起嚣俄（雨果的旧译名），登载过他渴睡似的相片以后，大家便非常佩服他，鲁迅在癸卯回乡间的时候，还托在东京的伍习之给他买新出版的《怀旧》寄来，那也是他的一种中篇小说，那时才译成日本文的。这部英译的小说选集系美国出版，大册八厚本，每册只卖美金一圆，不算很贵，但在那时留学生每月共总只有学费日金三十三圆，要拿出十六圆来买这一部书，实在很不容易，有一回大概是得了一宗“外快”，给游历官当通事，或者是《月界旅行》得了稿费也未可知，终于买了来了。这书寄到南京，一定是在乙巳年内，因为我抄译这里边一个短篇（后来刘半农译出，题云《克洛特格欧》）的一部分，写了一小本《孤儿记》，乃是丙午年春天的事情，就只可惜日记不完全，这部大书寄到的月日均无可稽考了。

丙午年上半住在水师学堂的鱼雷堂内，夏天回家去，适值鲁迅回来结婚，秋间便同他往东京去，这里很多可以记录的事，但是我的日记写到乙巳年为止，以后直到辛亥，这六年间都没有写，单凭记忆都已模糊得很，要想追记也已很是困难了。

【附录】

旧历公元日期对照表

旧日记中的旧历日期，现在查对《近世中西史日对照表》制表如下，以便读者查考。所录日期，以见于本卷者为限。

旧历			公元		
干支	月	日	年份	月	日
甲午	八	初十	一八九四	九	九
戊戌	正	廿八	一八九八	二	十八

旧历			公元		
干支	月	日	年份	月	日
		廿九			十九
		三十			二十
	二	初一			廿一
		初二			廿二
		初三			廿三
		廿三		三	十五
		廿四			十六
	三	二十		四	十
	闰三	初七			廿七
		初九			廿九
		十一		五	一
		十二			二
		十三			三
		十五			五
		十七			七
		二十			十
	四	朔			二十
		初五			廿四

旧历			公元		
干支	月	日	年份	月	日
		十八		六	六
	十一	初六		十二	十八
		初七			十九
		初八			二十
		廿四	一八九九	一	五
		廿五			六
		廿六			七
		廿七			八
		廿九			十
	十二	十七			廿八
		廿四		二	四
		廿五			五
己亥	正	十九			廿八
		廿二		三	三
		廿四			五
		廿六			七
	三	二十		四	廿九
	六	十二		七	十九

旧历			公元		
干支	月	日	年份	月	日
	九	十六		十	二十
	十	三十		十二	二
	十一	十三			十五
		十八			二十
	十二	初七	一九〇〇	一	七
		十九			十九
		廿六			廿六
庚子	正	元旦			卅一
		初四		二	三
		初六			五
		初七			六
		十六			十五
		十七			十六
		二十			十九
	二	十八		三	十八
	三	十四		四	十三
		十五			十四
	五	初七		六	三

旧历			公元		
干支	月	日	年份	月	日
		十七			十三
		廿四			二十
	七	初十		八	四
		十一			五
		十四			八
		十五			九
	八	初三			廿七
		初九		九	二
	闰八	十六		十	九
		廿二			十五
		廿四			十七
	九	初八			三十
		十二		十一	三
		十八			九
	十二	朔	一九〇一	一	二十
		初三			廿二
		初八			廿七
		十五		二	三

旧历			公元		
干支	月	日	年份	月	日
		廿三			十一
		廿六			十四
		三十			十八
辛丑	正	初七			廿五
		初八			廿六
		初九			廿七
		十九		三	九
		廿三			十三
		廿五			十五
		廿八			十八
	二	花朝			廿一
		初八			廿七
		初九			廿八
		十四		四	二
		廿四			十二
		廿六			十四
	三	初二			二十
	六	廿五		八	九

旧历			公元		
干支	月	日	年份	月	日
	七	初二			十五
		初六			十九
		十二			廿五
	八	初六		九	十八
		初十			廿二
	九	廿七		十一	七
		廿九			九
	十	初九			十九
		初十			二十
		廿一		十二	一
	十一	廿六	一九〇二	一	五
	十二	初三			十二
		初六			十五
		初八			十七
		十三			廿二
		十四			廿三
		廿四		二	二
		廿五			三

旧历			公元		
干支	月	日	年份	月	日
		廿六			四
		廿七			五
		廿八			六
		廿九			七
壬寅	正	十二			十九
		十三			二十
		十四			廿一
		廿二		三	一
		廿八			七
	二	初三			十二
		初八			十七
		十一			二十
		十二			廿一
		十四			廿三
		十五			廿四
		十六			廿五
		十九			廿八
		廿六		四	四

旧历			公元		
干支	月	日	年份	月	日
		廿九			七
	三	初六			十三
		初九			十六
		十六			廿三
		廿三			三十
	五	初三		六	八
		初六			十一
		十一			十六
		十四			十九
		十五			二十
	八	初四		九	五
		十二			十三
	九	初四		十	五
		重九			十
		十七			十八
		十九			二十
		廿五			廿六
	十一	十六		十二	十五

旧历			公元		
干支	月	日	年份	月	日
		十七			十六
		廿五			廿四
		廿九			廿八
癸卯	二	初五	一九〇三	三	三
		十一			九
		十三			十一
		十九			十七
		二十			十八
	三	初五		四	二
		初六			三
		十二			九
		廿一			十八
		廿九			廿六
	四	十四		五	十
	七	十六		九	七
		十七			八
		十九			十
		廿二			十三

旧历			公元		
干支	月	日	年份	月	日
甲辰	十二	十三	一九〇五	一	十八
		十四			十九
乙巳	正	十四		二	十七
		廿二			廿五
		廿三			廿六
	二	初十		三	十五
	三	初二		四	六
		初三			七
		初五			九
		廿七		五	一

甲午（清光绪二十年） 壬寅（清光绪廿八年）
戊戌（清光绪廿四年） 癸卯（清光绪廿九年）
己亥（清光绪廿五年） 甲辰（清光绪三十年）
庚子（清光绪廿六年） 乙巳（清光绪卅一年）
辛丑（清光绪廿七年）

附录二　学堂生活

一　五十年前的学堂

学校本来是古已有之的东西，虽然古今中外名称各有不同。西洋的有些大学有四五百年历史，不能算很老，但系统是接连着的，中国从春秋时代说起就已有二千五百年，只是中间有过好些变动，顶明显的是清末的这一段，县学、书院变为学堂，民国初年一律称为学校，于是前后分为两橛，内容办法差不多完全各别了。

在科举时代，只凭了八股文、试帖诗考取人才，学校的空名称还是存在，各府县都有官学，设有教官，每年由学政考取入学的秀才名为生员，实在即是学生，附生、增生是附加和增取的，廪膳生乃是成绩好给予公费的，原意都叫他们在学里读书，由教官监督，学政每年岁试，三年科试，以定进退。实际上他们终年不见教官的面，学里也没有教室宿舍的设备。书院里大概多少有点设备了，可是真是住宿在那里用功也绝无仅有，至少就我所知道是没有。初改办学堂的时候，大约可以说是戊戌至辛亥，正是过渡时代，有好些私塾书院的馀风夹杂在里面，现在说起来不免觉得可笑，一面却也未始不是社会风俗的资料。就我所知道的范围内，把二十世纪初年的情形记录一点下来，时间不过五十年，但也可见现代教育进步的多么多而且快了。

二　学堂与书院

康有为于戊戌五月上书，请开学校，京师大学堂以及府县学堂都在这以后成立，但是关于军事的学堂则早已有了。这年代手边无书查考，我们只要计算严幾道的年龄，就可以推知总当在光绪之初，在创办制造局的时候吧。水师学堂当然最早是在福建，我所知道的只是在南京的那一个，一九〇一年我到那里，正遇见杜锡珪那一班毕业，班数虽不可考，如以第三、四班计算，那么开校的年代也当在七十年前了。当时还有一个陆师学堂，设立稍晚，近旁有格致书院，性质是一种理科的专门学校，不知何以只称书院，在杭州也有求是书院，仿佛是文学堂那时是称书院似的，但这也并不一定，因为过了两年在鼓楼下开办了两江师范学堂，这名称已经通用，至于格致书院后来似已停办，详细情形却不明了。说也奇怪，其时学堂很少，学生在社会上常被歧视，文学生长衫马褂，还没有什么，武学生穿了操衣马靴，被人看作吃粮的，他们也就反抗的看不起别人，连书院的朋友也在内，两学堂的学生互有来往，与格致书院的人可以始终不认识一个人。两江师范成立以后，有人宣传革命，始渐打破这个界限，但格致书院大概已经没有了，所以归结起来说，这学堂与书院的隔阂问题终于没有消灭。

三　歧途

我到南京是在一九〇一年，即清光绪辛丑年八月。那时子弟读书目的是在赶考，看看科举没有希望，大抵降一等去学幕，吃师爷饭，再不然则学生意，其等级是当铺、钱店以至布店，此外还有两样自由职业，即是做医生和教书，不过这不大稳固，而且也要起码是个秀才，才可以称儒医、坐家馆，否则有时候倒是还不如去开豆腐店了。我其时真是所谓低不就来高不凑，看着这几条路都走不来，结果便想到了学堂，那在当时算不得什么正路，但是没有别的法子，也就只有这最后的一着了。还是在一八九九年冬天，祖父从杭州写信来说，杭州成立求是书院，兼习中西学，各延教习，在院诸生每日一粥二饭，菜亦丰，若每月考列上等，有三四元的奖金，且可兼考各书院，明正二十日开考，招儒童六十人，如有志上进，尽可来考云。我那时候没有去，说是无志上进么，那当然未必，问题大概还是在于经济，那里膳宿该是公费的吧，别的用度须得自备，那三四元的奖金实在很是渺茫，上等岂是容易考的呢？为了这一难关的缘故，便耽误了两年的光阴，终于转到南京去，因为当初虽然要付膳费，但甄别及格补缺之后，一切均由公家供给，且发给赡银，这于穷学生是很适宜的。书院没有赡银，武学堂近似当兵，读书人不大愿意去，所以特别优待，但到了清末也逐渐改变减除了。

四 路程

从家里到学堂，大抵要花路费六元，前后要六天工夫。第一天下午趁最近的东双桥的航船，开铺大概是二百文吧，傍晚开船，第二天早晨到萧山的西兴镇，停泊在俞五房过塘行的河埠。在间壁饭店（大抵在过塘行间壁多有饭店吧）吃了早点，如果轻身而且识路，可以步行，但有行李又要赶路，只好在行里雇轿，价在一元以内，渡过钱塘江，走到豆腐（或写作“斗富”）三桥，在沈宏远行歇下。午饭后下船往拱宸桥去，先在内河里走，下了一个坝，出至运河，没有多少路就到船埠，上了戴生昌或大东公司沪杭路小火轮的拖船，客舱一元五角，航行约须二十四小时，至第三天下午四时顷到达上海。本来如去赶长江轮船，也还可以来得及，但是说不定会遇见人满，无插足之地，所以不如在上海暂住一天，较为从容。住处是老椿记或周昌记，房饭钱两角四，想起来实在不算贵。第四天上轮船，不问招商或怡和、太古，只要那天的船就好，散舱一元半之谱，却不一定有舱位，有时只得睡地铺，次日在船上，第六天里总可以到南京下关了。上边所说的是平常来往的路程，第一次去的时候乃是与封燮臣君一家同行，在上海多停了两天，七月廿九日从乡下姚家埭出发，至八月初六日才到南京，所坐的是招商的江永船，它走得慢，这名字倒很适切，正如那只顶小的船自称是江宽吧。

五 入学考试

等考学堂，必须暂住客栈，花费就不小，幸而我有本家的叔祖在学堂里当管轮堂的监督，可以寄住在他的房里，只要每月贴三块钱的饭钱给厨房就行。我于八月初六日走到，初九日即考试额外生，据旧日记说是共五十九人，难道真是有那么多吗，现在却也说不清了。考的是作论一篇，题云“云从龙风从虎论”，一上午做了，日记上说有二百七十字，不知是怎么样说的，至今想起来也觉得奇怪。十六日出榜，取了三名，正取胡鼎，我是备取第一，第二是谁不记得了。十七日复试，题云“虽百世可知也论”，以后不曾发榜，大概这样就算都已考取了吧，到了九月初一日通知到校上课。这两个论题真是难得很，非是能运用试帖诗、八股文的作法者都不能做得好，初试时五十六个人一齐下了第，就是我们三人也不知怎的逃过第二难关的，因为那要比第一个题目更是空洞了。可是且慢，难的还在后头，我们上课一个月之后，遇着全校学生汉文分班考试，策论的题目是："问：孟子曰，我四十不动心，又曰，我善养吾浩然之气，平时用功，此心此气究如何分别，如何相通，试详言之。"列位看了这个题目，有不对我们这班苦学生表示同情的么？一星期后榜出来了，计头班二十四名，二班二十名，其馀都是三班，总有五六十吧，大抵什九是老班学生，大家遇到此心此气，简直是一败涂地了。

六　副额

江南水师学堂本来内分三科，即是驾驶、管轮和鱼雷，但是在一九〇一年时鱼雷班已经停办，驾驶与管轮原设有头二三班，预定每班三年，那时候三班也已裁去，事实上又不能招收新生直入二班，所以又改头换面的添了一种副额，作为三班的替代。招生时称为额外生，考取入堂试读三个月，甄别一次，只要学科成绩平均有五成，就算及格，比后来的六十分还要宽大，这之后就补了副额学生了。各班学生除膳宿、衣靴、书籍、仪器悉由公家供给外，每月各给津贴，称为赡银，副额是起码的一级，月给一两，照例折发银洋一元，制钱三百六十一文。我自九月初一日进堂，至十二月初一日成为正式学生，洋汉功课照常进行，兵操、打靶等则到了次年壬寅即一九〇二年三月发下操衣马靴来，这才开始。洋汉功课，我用的是原来的术语，因为那里的学科总分为汉文、洋文两部，一星期中五天上洋文，一天上汉文。洋文中间包括英语、数学、物理、化学等中学功课，以至驾驶、管轮各该专门知识，因为都用英文，所以总名如此，各班由一个教习专任，从早八时到午后四时，接连五天，汉文则另行分班，也由各教习专教一班，不过每周只有一天，就省力得多了。就那时计算，校内教习计洋文六人、汉文四人、兵操体操各一人，学生总数说不清，大概在一百至一百二十人之间吧。

七 学堂的房屋

要说学堂的生活，须得先把房屋说明一下才行。因为不能确说，姑且算是坐北朝南的吧，从朝东的大门进去，二门朝南，中间照例是中堂签押房等，附属有文书会计处，后边是学生饭厅，隔着院子，南北各三大间，再往北是风雨操场，后面一片广场，竖立着一根桅竿，因为底下张着粗索的网，所以占着不小的面积。以上算是中路。东面靠近大门有一所小洋房，是给两个头班教习住的，那时驾驶的是何利得，管轮的是彭耐尔，都是英国人，大概不过是尉官吧？隔墙一长埭是驾驶堂，向西开门，其迤北一部与操场相并，北边并列机器厂与鱼雷厂，又一个厂分作两部，乃翻沙厂和木工厂，到这里东路就完了。西路南头是一个小院子，接着是洋文讲堂，系东西各独立四间，中为甬道，小院有门通外边，容洋教习出入，头班讲堂即在南头，其次为二三班，北头靠东一间原为鱼雷讲堂，靠西的是洋枪库。汉文讲堂在其东偏，系东向的一带厢房，介于中路与东路之间。洋文讲堂之北是一小块空地，西边有门，出去是兵操和打靶的地方，乃是学堂的外边了。管轮堂即在此空地之北，招牌挂在向东的墙门外，也是一长埭，构造与驾驶堂一样。后面西北角旧有鱼雷堂，只十几间，东邻是一所关帝庙，有打更的老头子住在里面，我们将来还要说到他，现在在讲房屋，只能至此为止了。

八 管轮堂

管轮堂坐北朝南，长方一块，外院南屋一排九间，中间是走向洋文讲堂等处的通路，其馀是教习的听差和吹号人等所住的房间，北屋也有九间，中间通往宿舍，左右住着教习们，中央靠东的一间监督所住。院子的东墙开一头门，外挂管轮堂三字的木板，接着是一条由西北往东南的曲折的走廊，走到饭厅，穿过那院子，再往南折，便是出门去的路。内院即是学生的宿舍，这建筑在光绪初年，与后来北大、清华的新宿舍迥不相同，或者多分近似旧书院的制度也未可知。那是一个大院子，东西相对各是十六间的平房，门外有廊，其第八间外面中盖有过廊，不能使用，空着不算，所以号舍共计是三十间，这大概总占地面五分之四吧，还有西边五分之一，则是听差的住处，由那空间的通路走到宿舍来，那里的大院子往北去可以通到便所，往南则是茶炉，再出去就是监督的门口了。宿舍定规每间住两个人，照例一人发给床板一副，床架有柱，可挂帐子；两抽屉半桌一张，凳一个，大书架、箱子架和面盆架各一个，可以够用。又油灯一盏，油钱二百文，交给听差办理，若是要点洋油灯，则自己加添一百文，那玻璃油壶的洋灯也须得自己置办了。大抵当副额时只好用香油灯对付，到得升了二班，便换了洋灯，但这只是说那穷学生，后来有些带钱到学堂来用的人，那也并不是那么的寒酸了。

九　宿舍的格式

宿舍南北都是板壁，东西一面开门，旁边是两扇格子糊纸的和合窗，对面中间开窗，是直开的玻璃门，外边有铁栅栏。房间里的布置没有一定，可以随各人的意思，但是归结起来大抵也只有三类。甲式是床铺南北对放，稍偏近入口，桌子也拼合放在玻璃窗下，两人对坐，书架衣箱分列坐后。这种摆法房内明朗，空气流通，享受平等，算是最好，但这须得二人平日要好，才能实行。乙式是床铺一横一直，直的靠板壁一面，横的背门靠对面的板壁，空间留得稍大，桌子可以拼合，也可一人在窗下，一人在横放的床前壁下，便于各做各人的事。丙式是最差的一种办法，床铺也是一横一直，不过横的在里边，如乙式而略向前，约占房间一半，而直的则靠近门口放在窗下，本来也是一半地面，但空出门口一段，实际他所有的才是全部三分之一罢了。新生入堂，被监督分配在有空位的那一号里去住，不但人情不免要欺生，而且性情习惯全不了解，初步隔离的办法也不算坏，虽然在待遇上要吃些亏。日久有朋友，再来请求移居别号，或者与居停主人意气相合，也会协议移动床位。其有长久那么株守门口的人，大抵总有什么缘故，与人合作不来，只好蛰居方丈（实在还不到一方丈）斗室中了。三者之中以甲式最为大方，因为至少总没有打麻将什么这种违法的企图也。

一〇　上饭厅

学生每天的生活是，每天早晨六时听吹号起床，过一会儿吹号吃早饭，午饭与晚饭也都是如此。说到吃饭，这在新生和低级学生是一件难事，不过早饭可以除外，因为老班学生大都是不来吃的。他们听着这两遍号声，还在高卧，厨房里按时自会有人托着长方的木盘，把稀饭和一碟腌萝卜或酱莴苣送上门来，他们是熟悉了那几位老爷（虽然法定称号是少爷）是要送的，由各该听差收下等起床时慢慢的吃。这时候饭厅里的坐位是很宽畅的，吃稀饭的人可以从容的喝了一碗又一碗，但是等到午饭或晚饭，那就没有这样的舒服了。饭厅用的是方桌，一桌可以坐八个人，在高班却是例外，他们至多不过坐六人，坐位都有一定，只是同班至好或是低级里附和他们的小友，才可以参加，此外闲人不能阑入。年级低的学生一切都无组织，他们一听吃饭号声，便须直奔向饭厅里去，在非头班所占据的桌上见到一个空位，赶紧坐下，这一餐饭才算安稳的到了手。在这大众奔窜之中，头班却比平常更安详的，张开两只臂膊，像螃蟹似的，在曲折的走廊中央大摇大摆的踱方步。走在他后面的人，不敢绕越僭先，只能也跟着他踱，到得饭厅里，急忙的各处乱钻，好像是晚上寻不着窠的鸡，好容易找到位置，一碗雪里蕻上面的几片肥肉也早已不见，只好吃顿素饭罢了。

一一　打靶

吃过早饭后，在八点钟上讲堂之前，每天的功课是打靶，但是或者因为子弹费钱的缘故吧，后来大抵是隔日打一次了。打靶是归兵操的徐老师指导的，那时管轮堂监督暂兼提调，所以每回由他越俎经营，在一本名册上签注某人全中，中一两枪，或是不中。后来兵操换了队伍出身的梅老师，打靶也要先排了队出去，末了整队回来，规矩很严了，最初却很是自由，大家零零落落的走去，排班站着，轮到打靶之后，也就提了枪先回来了，看去倒很有点像绿营的兵，虽然号衣不是一样。老学生还是高卧着听人家的枪声，等到听差一再的叫，打靶回来的人也说，站着的人只有三两个了，老爷们于是蹶然而起，操衣裤脚散罩在马靴外边，蓬头垢面的走去，不管三七二十一的开上三枪，跑回宿舍来吃冷稀饭，上课的钟声也接着响了起来了。学堂以前打靶只是跪着放枪，梅老师来后又要大家卧放立放，这比较不容易，不免有些怨言，但是他自己先来，不管草里土里，随便躺倒，站着举起枪来，随手打个全红，学生们也就无话可说，古人云：“以身教者从。”的确是不错的。梅老师年纪很青，言动上有些粗鲁但也很直爽，因此渐渐得到学生的佩服，虽然我因为武功很差，在他所担任的教科中各项成绩都不好，和他不接近，但是在许多教习中我对于他的印象要算是很好的。

一二　午前的点心

学堂里上课的时间，似乎是在沿用书房的办法，一天中间并不分做若干小时，每小时一堂，它只分上下午两大课，午前八点至十二点，午后一点半至四点，于上午十点时休息十分钟，打钟为号，也算是吃点心的时间。关于这事，汪仲贤先生从前曾经有这几句话说得极好：

> 早晨吃了两碗稀饭，到十点下课，往往肚里饿得咕噜噜的叫，叫听差到学堂门口买两个铜元山东烧饼，一个铜元麻油辣酱和醋，拿烧饼蘸着吃，吃得又香又辣，又酸又点饥，真比山珍海味还鲜。

这里我只须补充说一句，那烧饼在当时通称为侉饼，意思也原是说山东烧饼，不过用了一个别号，仿佛对于山东人有点不敬，其实南京人称侉子只是略开玩笑，山东朋友也并不介意的。这是两块约三寸见方的烧饼连在一起，中间勒上一刀，拗开就是两块，近来问南京人却已不知道这东西，也已没有侉饼的名称，但是那麻油辣酱还有，其味道厚实非北京所能及，使我至今未能忘记。那十点钟时候所吃的点心当然不止这一种，有更阔的人吃十二文一件的广东点心，一口气吃上四个也抵不过一只侉饼，我觉得殊无足取，还不如大饼油条的实惠了。汪仲贤先生所说是一九一〇年左右的事，大概那种情形继续到清末为止，一直没有变为每一小时上一堂的制度吧。

一三　洋文讲堂

洋文功课是没有什么值得说的，头几年反正教的都是普通的外国语和自然科学，头班以后才弄航海或机械等专门一点的东西，倒是讲堂的情形可以一讲，因为那是有点特别的。洋文讲堂是隔着甬道，东西对立，南北两面都是玻璃窗，与门相对的墙上挂着黑板，前面是教习的桌椅，室内放着学生的坐位四排，按着名次坐。南京的冬天本不很冷，但在黑板左近总装起一个小火炉来，上下午生一点炉火，我想大概原来是对付洋教习的吧，我们却并不觉得它有什么好处，特别如有一时期代理二班教习的奚老师，他还把桌子挪到门口那边去，有点避之若浼的意思。到了夏天，从天井上挂下一大块白布的风扇，绳子由壁间通出去，有听差坐在屋外小弄堂里拉着，这也是毫无用处的东西，后来学堂也作兴放暑假若干天，那时候或者这就取消了吧。汉文讲堂只是旧式的厢房，朝东全部是门，下半是板，上部格子上糊纸，地面砌砖，与洋文讲堂比较起来差得多了，那些火炉风扇也都没有，好在每星期只有一天，也就敷衍过去，谁都没有什么不平。还有一层汉文简直没有什么功课，虽说上课实际等于休息，而且午后溜了出来，回到宿舍泡一壶茶喝，闲坐一会儿也无妨碍，所以这一天上课觉得轻松，不过那要走间道走过文书房，不是新生所能做到的罢了。

一四　汉文讲堂

我说汉文功课觉得轻松，那是因为容易敷衍之故，其实原来也是很难的，但是谁都无力担负，所以只好应付了事了。那时汉文教习共有四人，一位姓江，一位姓张，都是本地举人，又两位是由驾驶堂监督朱，管轮堂监督周兼任，也是举人，总办方硕辅是候补道，大概也是秀才出身，他的道学气与鸦片烟气一样的重，仿佛还超过举人们，这只要看入学考试和汉文分班的几个题目就可知道。我的国文教员是张然明老师，辛丑十月的日记上记有几个作文题目，今举出二十日的一个来为例："问：秦易封建为郡县，衰世之制也，何以后世沿之，至今不改，试申其义。"这固然比那"浩然之气"要好一点，但没法办还是一样的，结果只能一味的敷衍，不是演义便是翻案，务必简要，先生一半因为改卷省力，便顺水推舟，圈点了事，一天功课就混过去了。这种事情很是可笑，但在八股空气之下，怎么做得出别的文章来呢。汪仲贤先生说：

> 有一位教汉文的老夫子说，地球有两个，一个自动，一个被动，一个叫东半球，一个叫西半球。

这不知道是那一位所说的，我们那时代的教员还只是旧的一套，譬如文中说到社会，他误认为说古代的结社讲学，删改得牛头不对马嘴，却还不来掺讲新学，汪先生所遇见的已是他们的后任，不免有每况愈下之感了。

一五　操练

午饭后吹号体操，这有点不大合于卫生，但这些都没有排在上课时间里，因为那时间是整个的被洋汉文占去了，所以只好分配在上课的前后去了。新生只弄哑铃，随后改弄像酒瓶似的木制棍棒，有点本事的人则玩木马、云梯及杠杆等，翻跟斗、竖蜻蜓的献技，虽然平日功课不好，但在大考时两江总督会得亲自出马，这些人便很有用处，因此学校里对于他们也是相当重视的。每星期中爬桅一次，这算是最省事，按着名次两个人一班，爬上爬下，只要五分钟就了事，大考时要爬到顶上，有些好手还要虾蟆似的伏在桅尖上，平常却只到一半，便从左边转至右边，走了下来了。最初的教习是林老师，本校老毕业生，年纪并不大，因为吃鸦片烟，很是黑瘦，他只是来叫几句英语号令，他的本领大概也只能玩棍棒而已，后来换了新军出身的梅老师，那是一位很有工夫的人，诸事都整顿起来了，但是爬桅也归了他指导，这于他多少是觉得有点别扭的。兵操在晚饭以前，虽然不是天天有，但一星期总有四次以上吧。梅老师之前教操的是一位徐老师，平时下操场他自己总还是穿着长袍，所以空气很是散漫，只是敷衍了事，到得考试时候，照例有什么官来监考，那一天他才穿起他的公服来，大帽马褂，底下是战裙似的什么东西，看去有点滑稽，仿佛像是戏台上的人物。

一六　点名以后

出操回来，吃过晚饭之后，都是学生自己所有的时间了。用功的可以在灯下埋头做功课，否则也可以看闲书，或是找朋友谈天，有点零钱的时候，买点白酒和花生米或是牛肉，吃喝一顿，也是一种快乐。到了九点三刻，照例点名，吹号不久，即由监督同了提着风雨灯的听差进来，按着号舍次序走过去，只看各号门口站着两个人便好，并不真是点呼，这样就算完了。十点钟在风雨操场上吹就眠的号，那里有两只厨房里所养的狗，听了那一套号声，必定要长嗥相和，数年如一日，可是学生们听了却毫不关心，要用功或谈天到十二点一点都无所不可，问题只是灯油不够，要另外给钱叫听差临时增加，因为一个月三百文的洋油，每天一定的分量是不大多的。两堂宿舍中以管轮堂第十六至三十号这一排为最好，因为坐东朝西，西面是门，有走廊挡住太阳，东窗外是空地，种着些杂树，夏天开窗坐到午夜，听打更的梆声自远而近，从窗下走过，很有点乡村的感觉。后来回想起来，曾写过一首谐诗以为纪念，其词云：

昔日南京住，匆匆过五年。
炎威虽可畏，佳趣却堪传。
喜得空庭寂，难消永日闲。
举杯倾白酒，买肉费青钱。
记日无馀事，翻书尽一编。
夕凉坐廊下，夜雨溺门前。
板榻不觉热，油灯空自煎。
时逢击柝叟，隔牖问安眠。

题云“夏日怀旧”，原是说暑假中的事情的。

一七　星期日

星期日照例是宿舍一空，有些家住南京的学生都回家去了，一部分手头宽裕的上城南去玩，其次也于午后出城往下关，只有真是穷得连一两毛钱都没有的才留在学堂里闲坐。这所谓周末空气，在星期六下午便已出现，出操回来之后本城学生便纷纷告假回去，大抵要到星期日点名前才回校，但也有少数节俭家特别要吃了晚饭后才去，次日也于饭前赶回学堂，鲁迅曾很挖苦他们，说七月半开放地狱门，有些鬼魂于饭后出来，到了十六那天跑回地狱去吃晚饭，可说是刻画尽致了。往城南去大抵是步行到鼓楼，吃点小点心，雇车到夫子庙前，在得月台吃茶和代午饭的馒头面，游玩一番，迤逦走到北门桥，买了油鸡、盐水鸭各一角之谱，坐车回学堂时，饭已开过，听差各给留下一大碗饭，开水一泡，如同游是二人，刚好吃得很饱很香。若是下关，那很可以步行来回，到江边一转，看上下水轮船的热闹之后，在一家镇江、扬州茶馆坐下，吃几个素包子，确是价廉物美，不过这须是在上午才行罢了。学生告假出去，新生和低班学生总喜欢穿着操衣，有点夸示的意思，老班则往往相反，大都改穿了长衣，这原因很有点复杂，有的倚老卖老，有的世故渐深，觉得和光同尘，行动稍为方便，但有的也由于要躲避人家的耳目，有如抽两口鸦片烟，在每班里这种仁兄也总是会得有个把人的。

一八 不平

学堂里的生活照上边所说的看来，倒是相当的写意的，但是那里的毛病也渐渐显现出来，在我做了二班学生的时候，有好些同学不约而同的表出不满意来了。其一是觉得功课麻胡，进步迟缓，往往过了一年半载，不曾学了什么东西。其二是乌烟瘴气的官僚作风，好几年都是如此，虽然以我进去的头两年为最甚。只根据不完全的旧日记，壬寅（一九〇二）年中便有这两件可以为例，都是在方硕辅做总办的时代的事。正月廿八日，下午挂牌革除驾驶堂学生陈保康一名，因为文中有“老师”二字，意存讥刺云。又七月廿八日，下午发赡银，闻驾驶堂吴生扣发，并截止其春间所加给银一两，以穿响鞋故，响鞋者上海新出红皮底圆头鞋，行走时吱吱有声，故名。在这种空气之中，有些人便觉得不能安居，如赵伯先、杨曾诰等人，均自行退学，转到陆师或日本去，次年四月里胡鼎也因文章犯忌讳，迫令退学了。甲辰、乙巳年间，总办是蒋超英，他不是候补道，原是水师出身的人，甲申中法战役失机革职，后来起复，官衔是前游击。他在操场对学生训话，说你们好好用功，毕业便是十八两、十六两、十四两，将来前程远大，像萨镇冰、何心川那样，都是红顶子、蓝顶子。蒋君人虽粗鲁，却还直爽，所以我对于他个人相当有好感，但是这种升官发财学说那总是不足为训的了。

一九　不平二

汪仲贤先生在他的《回忆》中曾说：

> 校中驾驶堂与管轮堂的同学隔膜得很厉害，平常不很通往来。据深悉水师学堂历史的人说，从前两堂的学生互相仇视，时常有决斗的事情发生，有一次最大的械斗，双方都殴伤了许多人，总办无法阻止，只对学生叹了几口气。

这一节话当出于传闻之误，我们那时候两堂学生并无仇视的事情，虽然隔膜或未能免，倒是同堂的学生因了班次不同很不平等，特别是头班对于二班和副额，如不附和他们做小友，便一切都要被歧视以至压迫。例如学生房内用具，都向学堂领用，低级学生只可用一顶桌子，但头班却可以占两顶以上，有时便利用了来打牌。我的同班吴志馨君同头班的翟某同住，后来他迁住别的号舍，把自己固有的桌子以外又分去了那里所有的三顶之一，翟某大怒骂道，你们即使讲革命，也不能革到这个地步。过了几天，翟的好友戈某向着吴君寻衅，说我便打你们这些康党，几乎大挥老拳，又有高某也附和着闹，大家知道这都是桌子风潮的馀波。吴君当然并非康党，也未曾参加讲革命，但他们看来敢于不尊敬前辈，当然要以“乱党”论了。吴君后来调往驾驶堂，毕业后当了几年舰长，民国十六、七年北伐时他在青岛做渤海舰队司令，因为“通敌”为张宗昌所枪毙，那时才真应了翟戈二人的话了。

二〇 争斗

学生有这些不平，便慢慢的要显现出来。第一步是想改换环境。壬寅冬天总办换了黎锦彝，也是候补道，却比较年轻，江督又叫他先去日本考察三个月，校务令格致书院的吴可园兼代。听说他要带四名学生同去，大家觉得这是一条出路，便同胡鼎、张鹏、李昭文共四人往找新旧总办，上书请求，结果说是带毕业生去，计划完全失败。胡鼎又对江督及黎氏上条陈，要怎样改革学堂[1]，才能面目一新，大概因为理论太高，官僚也于改革少兴趣，自然都如石沉大海，没有一点影响。对于学生间的不平等，要想补救，空谈是无用的，只能用实行来对抗，剥削役使一切不承受，也不再无理地谦逊，即如上文说过的上饭厅的时候，尽管老学生张开了螃蟹的臂膀在踱着，后边的人

【锺校】

①“学堂”原作“堂学”。

就不客气的越过去，他们的架子便只好摆给自己看了。这种事情积累起来，时常引起冲突，老班只有谩骂恫吓，使用无赖的手法，但是武力不能解决问题，经过一次争闹，他们的威风也就减低一层，到后来再也抖不起来了。那时候的二班只注意于打破不平等，这事终于成功了，但这只是消极的一面，以后升了头班，决不再去对别班摆架子，可是并没有更进一步的做，去同他们亲近交际，班次间的不平等是没有了，但还存在着一种间隔，或者可以说是疏远，这风气不知道后来什么时候才有转变。

二一　老师

在学堂里老师不算少，一起算起来共有八位，但是真是师傅似的传授给一种本事的却并没有。即如说英文吧，从副额时由赵老师奚老师教起，二班是汤老师，头班是郑老师，对于这几位我仍有相当敬意，可是老实说，他们并没有教我怎么看英文，正如我们能读或写国文也不是那一个先生教会的一样，因为学堂里教英文也正是那么麻胡的。我们读印度读本和文法（还不是“纳思菲耳”，虽然同样的是为印度人而编的），有如读《四书章句》，等读得久了自己了解，我们同学大都是受的这一种训练。于我们读英文有点用的只是一册字典，这本是英文注汉字，名字却叫作“华英字典”，用薄纸单面印刷，有些译语也特别奇妙，但是后印本随即删去，改称“英华字典”则又是后来的事了。本来学堂里学洋文完全是敲门砖，毕业之后不管学问的门有没有敲开，大家都把它丢开，再也不去读了，虽然口头话还是要说几句的。我是偶然得到了一册英文本的《天方夜谈》，引起了兴趣，作了我外国语的老师，假如没有它，大概出了学堂，我也把那些洋文书一股脑儿的丢掉了吧。有些在兵船上的老前辈，照例是没有书的了，看见了这《天方夜谈》也都爱好起来，虽然我的一册书被辗转借看而遗失，但也还是件愉快的事，因为它能教给我们好些人读书的趣味。

二二　老师二

汉文老师我只有一个，张然明名培恒，是本地举人，说的满口南京土话，又年老口齿不清，更是难懂得很，但是对于所教汉文头班学生很是客气，那些汉文列在三等，虽然洋文是头班，即是螃蟹似的那么走路的人，在他班里却毫不假以词色，因为他是只以汉文为标准的。说到教法自然别无什么新意，只是看《史记》《古文》，作史论，写笔记，都是容易对付的，虽然用的也无非是八股作法。辛丑十一月初四日课题是，“问：汉事大定，论功行赏，纪信追赠之典阙如，后儒谓汉真少恩，其说然欤?”我写了一篇短文，起头云：“史称汉高帝豁达大度，窃以为非也，帝盖刻薄寡恩人也。”张老师加了许多圈，发还时还夸奖说好，便是一例。那时所使用的于正做之外还有反做一法，即是翻案，更容易见好，其实说到底都是八股，大家多知道，我也并不是从张老师学来的，不过在他那里应用得颇有成效罢了。所以我在学堂这几年，汉文这一方面未曾学会什么东西，只是时时要点拳头给老师看，骗到分数。一年两次考试列在全堂前五名时，可以得到不少奖赏，要回家去够做一趟旅资，留住校里大可吃喝受用。所看汉文书于后来有点影响的，乃是当时书报，如《新民丛报》、《新小说》、梁任公著作，以及严幾道、林琴南的译书，这些东西那时如不在学堂也难得看到，所以与学堂也可以说间接是有关系的。

二三 《天方夜谈》

《天方夜谈》是我在学堂里看到的唯一的新书，如读本所说我想我该喜欢它的。在中文书方面，当时看了很喜欢的也有好些，如《饮冰室自由书》等，真可以说是读了不忍释卷，但是后来也就不怎么珍重了。《天方夜谈》的时间却是很长，正如普通常说的，从八岁至八十岁的老小孩子大概都不会忘记它，只要读过它的几篇。在本国这类的东西并不是没有，如《西游记》《封神传》，民间传说的故事如《白蛇》《蛇郎》及《老虎外婆》等，文人写的有《聊斋志异》为代表，这些也为人所爱读，过于"四书""五经"，但是比起《天方夜谈》来总还有点不如。《西游》《封神》的故事里大人物太多，都是什么老祖什么佛，空气有点硬化，而且不免单调，《蛇郎》等童话没有这缺点了，却是还在幼稚期，不曾十分长发。《天方夜谈》原是这一类质料，但从市场上经过了来，由多年说话人的安排与听众的取舍，使它更是丰富纯熟，要拿以前茶馆里的“聊斋演义”相比，多少近似，不过它并无蒲留仙那样的原本，所以可说是真正的民间文学了。我认识了这一本书，觉得在学堂里混过的几年也还不算白费，虽然那时的书早已遗失了，前几年托友人在上海买了一册“现代丛书”本，根据白敦译文最为可靠，可惜中间一叠十六页错订缺少。中文有奚若译四册，大抵系依据雷恩译文选本，因为是古文，所以没有细读。

二四　打靶馀闻

打靶在外场操练中间最为简单，也比较有兴趣，有时候等全体完毕之后，可以请求再多打一次。所用枪械本来是马梯尼，不但笨重，反座力也强，肩头要撞得红肿，我进去时刚换了毛瑟枪，就好得多了。打靶场在学堂西边，南头有一座小土山，山下放了靶子，近地插上小红旗，一直倒也没有出过什么事情。只是有一次，打靶中间忽然有四五只狗成群地跑过来，打靶的已经把枪停住了，监督是念《感应篇》放生的人，急得连声大叫不要放，那时轮到打靶的恰巧是头班的余德先，他的打枪算是不错的，听了起了反感，举枪一发，看见一头大黄狗倒在地上，跳起来一下，随即躺倒不动了。这件事不打紧，却使得监督大为狼狈，在他的功过格上至少要填上好几过了。又一次是预备大考，在打靶之后接着兵操，平常操演只放空枪，这时要放响枪了，发给了黄蜡封口的子弹，排好班分行对立，徐老师恐怕枪膛留有实弹，叫大家先放一下看。没有号令谁都没有装上什么，放不出什么声音，其中却夹着一两响声，只见西边排头杜君抛枪奔去抱颈大叫，难道真是中了枪了么？徐老师跑去检查，操衣领头搁着一堆熔化的黄蜡，项颈上烫成一个大水泡，看东边排头戈君的枪膛子留有弹壳，可见他是装填了，而且还是平放，或者瞄准了项颈放的也未可知。再查杜君的枪里也有弹壳，那么他原是对放的，只是没有打中罢了。

图书在版编目(CIP)数据

鲁迅小说里的人物/周作人著作;锺叔河编订.—长沙:岳麓书社,2020.10

ISBN 978-7-5538-1209-0

Ⅰ.①鲁… Ⅱ.①周…②锺… Ⅲ.①鲁迅小说—人物形象—小说研究 Ⅳ.①I210.97

中国版本图书馆 CIP 数据核字(2019)第 284630 号

LUXUN XIAOSHUO LI DE RENWU

鲁迅小说里的人物

周作人著作　锺叔河编订

特约编辑:鄢　琨

责任编辑:蒋　浩

责任校对:舒　舍

书籍设计:风格八号

岳麓书社出版发行

地址:湖南省长沙市爱民路 47 号

直销电话:0731-88804152　0731-88885616

邮编:410006

版次:2020 年 10 月第 1 版

印次:2020 年 10 月第 1 次印刷

开本:787mm×1092mm　1/32

印张:13.5

字数:208 千字

印数:1—6 000

ISBN 978-7-5538-1209-0

定价:35.00 元

承印:长沙鸿发印务实业有限公司

如有印装质量问题,请与本社印务部联系

电话:0731-88884129